集英社オレンジ文庫

相棒は犬

転生探偵マカロンの事件簿

な

本書は書き下ろしです。

Contents

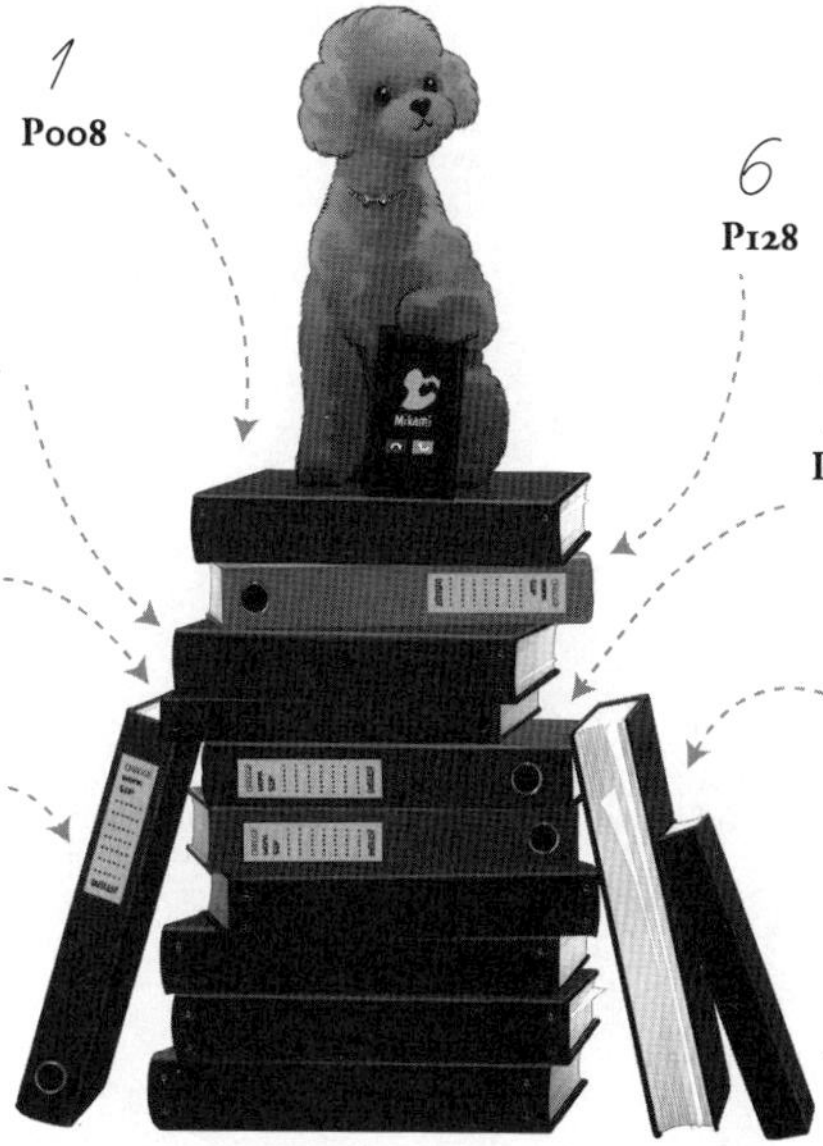

若林 龍一
龍鬼組の若頭にして、
マカロンの飼い主。
MACARON
MACARON
マカロン
（三上 祐二）
二歳のトイプードル。
カイの殉職した同僚・
三上が転生した
姿。
DOG LIFE
DOGS FEELING
甲斐 貴己
元刑事。今は叔父の
探偵事務所で
働いている。
LIFE

おやっさん
（西田係長）
カイと三上の
警察時代の
上司。
林
カイの学生時代の友人。
カレー店を経営
している。
CURRY
Character introduction

イラスト／奈良千春

相棒は犬

転生探偵マカロンの事件簿

1

「俺だよ俺！　三上《みかみ》だよ！」

俺は今、夢を見ているんだろうか。昨夜の酒がまだ、残っているのか？

そうじゃなかったらあり得ない、と目の前の茶色い毛玉のような可愛《かわい》らしい犬を見る。

「俺だよ、カイ！　無視すんなよ！」

犬は『ワン』と鳴くものだよな？　これは何かのドッキリか？　映画の吹き替えのように、犬が口を動かすたび、人間の声が聞こえてくるなんて。

しかも聞き覚えがありすぎる声が俺の名を呼ぶなんて。

俺はただただ呆然《ぼうぜん》と、目の前で吠える――ではなく、日本語で喚《わめ》くトイプードルを前に立ち尽くしてしまっていた。

※　※　※

俺の名は甲斐貴己《かいたかみ》。現在の職業は神保町《じんぼうちょう》に事務所を構える『甲斐探偵事務所』勤務の探偵だ。

俺の名字がついた事務所ではあるが、所長は叔父で俺は従業員に過ぎない。その叔父は熟年離婚の危機回避ということで二年前に愛妻と豪華客船での世界一周旅行に旅立ち、未《いま》だ旅行中であるため、現在の俺は所長代理という立場である。とはいえ、従業員は俺一人なので役職に意味はないのだが。

二年前まで俺は刑事だった。ある事情があって警察を辞めたのだが、そんな俺の『事情』に同情した叔父が、どうせ遊んでいるならウチの事務所で働いたらどうだと誘ってくれたのだ。

叔父は筋金入りの警察嫌いだった。そもそも俺の祖父――叔父にとっては父親がもと刑事で、俺の父も刑事だったのだが、叔父は二人から警察特有の縦社会の理不尽さを聞かされ、それで警察が大嫌いになったそうだ。探偵業を始めたのも嫌いな警察を出し抜くためだったという。俺の父――叔父にとっては兄が、無能なキャリアの上司の指示ミスで殉職《じゅんしょく》したことで、叔父の警察嫌いにはますます拍車がかかり、俺が刑事だった頃はこの事務所にも出入り禁止だった。

俺は父親に憧れ刑事になった。実際なってみると、確かに理不尽なことが多いと実感したが、それでも人々が安心して暮らせる世の中となるよう、犯罪に立ち向かうという刑事の仕事にはやり甲斐を感じていた。

警察は正義のためにあると胸を張って言えた。しかしそう信じていられないような出来事があったため、俺は当時の上司に辞表を叩きつけ、刑事を辞めたのだった。

叔父とはまったく連絡を取り合っていなかったというのに、警察を辞めて比較的すぐのタイミングで声をかけてくれたところを見ると、たった一人の兄の忘れ形見である俺のことをずっと気にかけてくれていたようだ。

さて、誘われるがままに飛び込んだ探偵業だが、事前知識はまったくなかった。小説やテレビドラマの世界での『探偵』は警察に協力を請われ殺人事件の捜査をするという、ファンタジーとしかいえないような設定のものが多い。または、浮気調査か、いなくなった犬猫探しというパターンも多いが、叔父の事務所に来る依頼はやはりといおうか浮気調査が九割だった。まあ、殺人事件の依頼が来ても対応などできるはずもないのだが。

地道に証拠集めをし、現場を押さえるというのは、警察の捜査と似ていなくもないので、転職後も戸惑うことはあまりなかった。経理処理も会計ソフトが解決してくれる。

だが対人スキルは別だった。自分はそこそこだと思っていたのだが、それは刑事の頃、捜査中の聞き込みを得意としていたからだ。が、それは警察手帳があってこそ、という厳しい現実に早々に気づかされた。

調査中はまだいい。それ以前の、依頼者から話を聞く際にいらぬ威圧感を与えてしまうようで、なかなか仕事に結びつかないのだ。

強面《こわもて》というほどではないのだが、目つきが鋭すぎるとか、犯罪者扱いされているような気がするという指摘を立て続けに受け、今は伊達《だて》眼鏡をかけている。確かに刑事の目つきの鋭さには独特のものがあると、辞めてようやく気がついたというわけだ。警察にいた頃は周囲が皆、同じような目つきをしていたためそれが普通と感じていたのだ。

対人スキル以外に、俺が持ち得ないのはＩＴスキルだった。今どき、依頼人は電話ではなくインターネット、主にスマホを使ってアクセスしてくるため、ホームページが検索で上位に来るようにするだの、スマホでも見やすい仕様にするなど、考えるべきなのだろうが、未だ、ウチのホームページは叔父が作ったままで、依頼フォームもスマホ対応になっていない。宣伝効果を期待できない状態である。

叔父の仕事は丁寧かつ確実だったので、もともとの事務所の評判はよかった。前に依頼した人が満足し、いい口コミを広めてくれるおかげで新たな依頼人が呼び込まれていたのだが、俺に代わってからその連鎖が断ち切られてしまった。

仕事面での評価は叔父に劣ってはいない。が、そもそも仕事に繋《つな》がらない。事務所は小さな三階建てのビルの三階で、一、二階にはそれぞれ喫茶店と会計事務所が入っている。ビルは叔父の持ち物なので店貸《たな》ししているそれらの家賃収入でなんとかやっていけているのだが、なんと、三ヶ月前に二階の会計事務所との契約が終了してしまったのだ。手狭になったので引っ越すという羨《うらや》ましい話なのだが、次の借り手を不動産屋経由で募集したものの、それこそ手狭なことと設備の古さの割りに家賃設定が高いと言われ、契約の見込みはまったく立っていなかった。

仕方がないので俺は住んでいたアパートを解約し、ここに引っ越してきた。事務所の奥には小さな控え室があり、簡易のキッチンとシャワーがついている。調査中、寝泊まりが必要になったときのための部屋なので少々手狭ではあるが、背に腹は代えられない。自分の家賃分を節約するくらいしか、削減できる経費がなかったのだ。

このままでは事務所存続の危機である。叔父からは、二年も事務所を守ってくれたのだからあとはもう俺の好きにしてくれていい、事務所を閉めるなら閉めるのでもかまわないと言われているが、それじゃ、お言葉に甘えて、とはさすがに言えないし、俺自身、特に他にやりたいこともないので、せめて叔父が帰国するまでには、以前と同じくらいの業績に盛り返しておきたい——と日々精進しているところに、『あれ』はやってきたのだった。

昨夜は学生時代の友人で、今は同じ神保町でカレー店を成功させている林《はやし》と久々に鯨飲《げいいん》した。

林は大手新聞社で記者をしていたが、去年、いきなり退職し、神保町でカレー店を開いた。詳しい事情は聞いていないが、昔からの夢だったとのことで、カレー激戦区といわれるこの町で、あっという間にそこそこの人気店に上り詰めた。もともと商才があったのだろう。

成功の一因は彼の見た目もあるかもしれない。というのも、生粋《きっすい》の日本人なのに褐色《かっ》の肌といいくっきりとした目鼻立ちといい、インドのイケメンにしか見えないのだ。

本人もそれを自覚していて、口髭《ひげ》を生やし、服装もそれっぽいものを身につけている。客に請われれば写真撮影にも応じ、インスタでタグ付けされることも多いそうだ。

そんな彼に経営のノウハウを教えてもらいたいと、月一で飲むようになって半年が過ぎた。伊達眼鏡のアドバイスをしてくれたのも彼だし、それこそ事務所名義でSNSを始めたのも彼からの指導だ。とはいえフォロワー数は未だ二桁《けた》なのだが。

昨夜は林の愚痴《ぐち》に付き合うだけで終わってしまった。人気店の宿命なのか、嫌がらせが続いているという。

ネットの口コミで悪口を書かれたり、チンピラ風の男たちが長時間居座って他の客を入りづらくしたりと、通報までには至らない嫌がらせにいらつく日々を送っているという彼に、チンピラが来たらいつでもいいので呼び出してくれ、この目つきの悪さを発揮し追い出してやると告げるといたく感謝され、飲め飲め、今日は俺の奢《おご》りだとしこたまワインを注がれたのだった。

そうだ、ヤクザ関連のトラブルに対応しますというのを前面に出してみたらどうだ？と提案され、確かに売りになるかも、と事務所存続の活路を見出したことを喜びつつも、二日酔いの胃のむかつきから起きることがおっくうになり、今日はもう、事務所を開けずにおくか、と自分に甘すぎる判断を下しかけたときに、インターホンが鳴った。

時計を見ると午前九時。いつもであれば事務所を開けている時間である。

今日の予定をざっと思い起こすも、アポイントメントは一つも入っていないはずだった。たまにある飛び込みの客だろうか。それとも宅配便とか？　何かの勧誘かもしれない。

起き出してドアを開いたら、新聞の勧誘員でがっかり、という状況が目に浮かび、どうするかな、と考える。

もう一度インターホンが鳴ったら起きることにしようか。しかし飛び込みの客だったら二回は鳴らさず、他を当たろうと考えるかも。貴重なチャンスを逃すことになるが、それでいいのか？　二日酔いだからって？　しかし顔も洗ってない、そして髭も剃っていないこの状態で接客するのは逆に評判を落とすのでは、と、うだうだ考えている間に、時間が経《た》っていく。

二回目は――ない。間違いだったのかもしれないな、と寝直そうとした次の瞬間、インターホンの連打が始まった。

ピンポーン、ピンポーン、ピンポーン。

一定のリズムで何度も何度も押してくる様子は普通じゃない。よほどの用事があるに違いないとわかりはしたが、心当たりは一つもなかった。さすがに宅配業者もここまで連打はすまい。

「はい、すみません、出ます」

慌《あわ》てて起き出し、事務所内を突っ切ってドアへと向かう。

「あれ」

事務所のドアの上部は磨《す》りガラスとなっている。未だ、インターホンは鳴り続けていたが、外に人影は見えなかった。

姿を隠してインターホンを押し続けているのだろうか。もしや悪戯《いたずら》か？　ガキのピンポンダッシュだったら許せんなと思いながら俺は、外に向かって声をかけてみた。

「申し訳ありません、今開けますので少々お待ちいただけますか」

途端にインターホンがぴたりと止む。直前に微《かす》かな音が聞こえた気がするが、人の声はまったくしなかった。

やはり悪戯だろうか。ドアを開いても誰もいなかったりして、と思いつつ、鍵を解除しドアを開く。

「おっ」

と、足下を凄《すご》い勢いで何かがすり抜け、部屋に入っていった。なんだ？ と慌てて振り返った俺の目に飛び込んできたのは——可愛らしい茶色の小犬だった。

「犬？」

飼い主はどうした？ 犬が先に入るとは、とドアの外に顔を出し階段と廊下を見渡したが、人っ子一人見えない。

「……え……？」

まさか、犬がインターホンを鳴らしていたのか？ と首を傾《かし》げつつも俺は、ドアを閉めると事務所内を振り返り、来客用のソファにちょこんと座る犬に近づいていった。

犬種はトイプードルというんだったか。実に愛らしい。ハッハッと息を吐き出しながら、つぶらな黒い瞳で俺を見つめてくる姿は、犬好きであればたまらないほど愛らしいものだろう。

　昔、チワワがおじさんを見つめるテレビＣＭがあったな、と遠い、あまりに遠すぎる記憶を呼び起こしていたものの、すぐに俺は我に返ると、この状況を考え始めた。

　犬の依頼人――犬なら『依頼犬』だとどうでもいいセルフ突っ込みをする自分がいやになった――というわけはないだろうから、迷い犬だろう。

　身ぎれいにしているし、首輪もついている。そうだ、首輪に飼い主の住所が書いてあったりしないだろうか。今どきはマイクロチップとかいうのが身体《からだ》に埋め込まれているんだっけ、と、まずは首輪を確かめようと、犬に両手を伸ばす。

　逃げるだろうから、そっと近づこう、とそろそろと動いていた俺の前でいきなり、犬が口を開いた。

「俺だよ俺！　三上だよ！」

「……は？」

　犬が――喋《しやべ》った？

　まさか、と啞然《あぜん》とする俺にかまわず、犬がまた喋り出す。

「俺だって！　三上だよ！　三上祐二《ゆうじ》！　まさか忘れたわけじゃないだろう？」

「……！」

『三上祐二』。俺にとっては特別な――特別すぎる男の名だった。今は亡き同僚にして親友。彼の死が警察を辞めるきっかけになったのだ。

『殉職』とされた彼の死も、そして彼自身のことも、一日たりとて忘れはしなかった。

しかし、幻聴を聞いたことは一度もない。二年前、亡くなった当時ですら聞いていないのに、え？　今？　しかも犬の口から？

戸惑うしかないんだが。もしやまだ酔っているのだろうかと頭を振る。

「無視すんなよ！　カイ！　俺だってば！　オレオレ言っても詐欺《さぎ》じゃないぞ。三上祐二だ。お前の親友の三上だってば。疑うならお前が初めて買ったＣＤでもお袋さんの旧姓でも答えるぜ！」

「パスワード忘れたときの秘密の質問かっ」

思わず突っ込み返してから、はっとする。こんなやり取り、二年前までは確かに三上とよくやっていた。俺が突っ込みやすいボケをかましてくれる彼との息はぴったりだった

――とはいえ、と俺は、目の前で嬉《うれ》しそうに尻尾を振りまくっている犬を見やった。心なしか笑っているように見えるその犬が黒い瞳を輝かせ、身を乗り出すようにしてまた喋り出す。

「二年ぶりとは思えないノリのよさが嬉しいよ。カイ！　これでわかっただろ？　俺だよ、三上だよ。俺、犬に生まれ変わったんだよ！」

「………」

犬に──生まれ変わった？

いやいや、あり得ないだろう。コレが夢ではないかぎり、と俺はまたも頭を振った。

「お前なら信じてくれるよな？　本当に久しぶり！　二年も待たせてごめんな！　でもこれには事情があってさ！」

「…………………」

確かにこの声は三上のものに間違いない。しかし喋っているのは──犬。

犬が喋るはずないから、もしやこの犬はロボットか？　三上の音声が聞こえるマイクが内蔵されているとか？

これが現実であるのなら、そのくらいしか考えられない、と俺は手を伸ばし、犬を抱き上げた。

「カイ！　わあ、なんか照れるな！」

嬉しそうに犬は笑ったが、俺が、スイッチはどこだと探し始めると途端に不機嫌になる。

「なんだよ。舐《な》めるように見やがって。おい！　犬だからってそんなに見られちゃ恥ずかしいんだからなっ」

「………生きてる……」

抱き上げたときの温かさ。ぐにゃりとした感触はロボットにはとても思えなかった。どこからどう見ても、そしてどう触っても生きた犬である。

だとしたら――夢？　まだ酔っ払っているのか、俺は、と思考がそこに戻ってしまう。

「カイ、昔からお前の欠点だぞ。頭が固すぎる、もっと柔軟に考えろとよくおやっさんに注意されていたことを忘れたか？　あ、そういやおやっさん、元気かな？　お前、まだ付き合いあったりする？」

呆《あき》れてみせたあとに、思い出したように懐かしい上司についての話題を振る。この一貫性がない感じ、まさに――三上だ、と俺は、未だ抱いたままだった――抱く、というよりは前足の脇を両手で摑《つか》んでいるので、だらりと胴が伸びた状態となっているトイプードルをまじまじと見やり、問い掛けた。

「……本当に三上なのか？」

「何度も言ってるだろうが。三上だよ。ようやく認める気になったんだな。ほんと、遅いよ」

やれやれ、というように溜め息をつく。そんな犬がこの世の中にいるはずはない。

しかしだからといって、死んだはずの男が犬に生まれ変わるなんてあり得るのだろうか。

「あり得たんだよ。俺も自分が体験するまでは信じていなかったから、お前の気持ちもわかるんだが、俺を俺と認めてくれないと話が進まないからさ」

　犬が——三上が思い詰めたような目で俺を見ながら、切実な口調となる。

「話……？」

　一体何を話す気なのか。身構えそうになった俺の腕の中で、三上が身を捩《よじ》らせる。

「その前にまず、降ろしてくれ。チンチン晒《さら》したままというのはどうにも恥ずかしい」

「あ、悪い」

　確かに陰部が丸見えだった、と慌ててソファに降ろす。

「……三上……か」

　しかしどうにも信じがたい。いや、信じるしかないのだが、と改めてトイプードルと向かい合う。

「ああ。カイ、捜したぜ。警察、辞めたんだな。もしかして俺のせいか？」

　トイプードルが悲しげな顔になったように見える。

「だとしたら申し訳ないな」

「いや、お前のせいじゃない。警察に見切りをつけただけだ」

　未だに『これ』が三上だとは信じ切れてはいなかったが、話すにつれそうとしか思えなくなってくる。

三上であればきっと、俺が警察を辞めたことを気にするだろう。そして謝るだろう。だがお前に責任があるわけじゃない。お前のことがあって警察を信じられなくなったというだけだ。そう答えるだろうと思っていたやり取りを、今、まさにしている。

不思議な感じだ、と俺はまじまじとトイプードルを見やった。トイプードルも俺を見返す。

「……俺も警察には失望したよ。正義はどこにいったと憤《いきどお》った」

三上が悔しげな口調でそう言い、くうん、と鳴く。今のは溜め息だろうか、と見つめる先で彼は——姿は犬なので『彼』というのは未だに少々違和感はあるのだが——ぱっと顔を上げた。

「それだけに、お前も警察を辞めてるんじゃないかと思ったら、案の定辞めてて、気が合うなと嬉しかったよ。でも辞めたあと、お前が何をしてるかわからなくてさ。連絡を取ろうにも、電話番号もメールアドレスもラインのＩＤも全部、スマホに入ってたから覚えてなくて。お前もそうじゃないか？　お袋とか、友達の電話番号を記憶してたと言ってたけど、昔の人のほうが記憶力がよかったのかな。携帯やスマホの弊害《へいがい》だよな。だいたい字とか手書きでは書かなくなってるし。ま、俺はもう手じゃ書けないっていうか、これ、手？　足？　って感じなんだけど」

話がどんどん脱線していくのもいかにも三上っぽかった。本当に三上が生まれ変わったんだなと改めて実感しつつ、それなら、と彼に問い掛ける。

「どうやって捜し当てたんだ？　新宿《しんじゅく》東署に電話をかけて聞いたとか？」

そのくらいしか可能性が思いつかない。しかし電話はできるんだろうか？　そもそも犬がスマホを持っているのか？　と、問いながらも疑問が膨らんでいた俺に対する三上の答えは、

「ネットでググった」

という端的ではあるが更なる疑問を呼ぶものだった。

「ネットにはどうやってアクセスしたんだ？」

「飼い主が寝ている間にちょっとパソコンを借りたんだ。さすがにこの手じゃ、スマホのフリックはできないから。キーボードはなんとか打てるけど」

「飼い主？」

そういや三上は首輪をしている。ということは誰かの飼い犬であるはずだ。

「飼い主はお前が人間の生まれ変わりと知ってるのか？」

「いや、それがさ」

三上が困り果てたような顔になったとき、インターホンの音が室内に響いた。

「誰だよ、こんなときに……」

心当たりはないので、無視するか、と思っていると、先程同様、しつこくピンポンピンポン押し続けている。

「……来た、かも」

と、目の前で三上が、ますます困った顔になる。

「誰が？」

「飼い主だよ。早く出たほうがいい。そうじゃないと……」

と、三上が言葉を続けようとしたとき、ドタバタバキッというような破壊音がドアのほうから響いてきて、何事だ、と俺は慌ててドアを振り返り——そこにどう見ても真っ当な職業にはついていないと思《おぼ》しき男を見出し、愕然《がくぜん》となったのだった。

男は——事務所のドアを蹴《け》破って無理矢理中に入ってきた彼は、二メートルくらいありそうな高身長に広い肩幅の身体を、高そうなスーツに包んでいた。オールバックに黒サングラスで顔はよく見えないながらも細面《ほそおもて》で整っているようだ。

全身から漲《みなぎ》るオーラは今にも殴りかかってきそうなほど暴力的で、一気に緊張感が高まる。ヤクザにしか見えないが、ヤクザに乗り込まれるような心当たりはないのだが、と身構えつつも用件を問おうとしたそのとき、そのヤクザがいきなり動いた。

「……っ」

早速殴ろうとしているのかと後ずさりかけたが、ヤクザが向かっていったのは三上――ならぬ、トイプードルだった。

「マカロンちゃん！　捜ちまちたよー！」

ドスのきいた声だが、幼児に向けて話しているような口調で唖然となる。

「黙っていなくなっちゃダメでちゅよ。心配させてえ。このこのぉ」

言いながらトイプードルを抱き上げ、思いっきり頬摺《ほおず》りしている。

「…………あ、あの……」

ヤクザのいきなりの豹変《ひょうへん》ぶりへの驚きがようやく収まってきた俺は、おそるおそる彼に話しかけてみた。彼の腕の中で三上が、勘弁してくれというような表情になっていることに気づいたということもある。

「あ?」

俺に対しても赤ちゃん言葉になったらどうしよう、という心配は杞憂《きゆう》に終わった。サングラスの下は虫けらでも見るような目になっているのではというようなぞんざいな態度で、俺へと向き直った男が、返事というには短い言葉を発する。

「どちらさまで……?」

「犬を捜していた。首輪に装着してあるＧＰＳの位置情報がここだと指していたから入らせてもらった。無事、見つけたので帰る。ああ、ドアの修理代は請求してくれ」

言いながらトイプードルを片手に抱き直し、ポケットから取り出した名刺を俺に差し出してくる。

名刺には名前と携帯番号しか書かれていなかった。

『若林龍二《わかばやしりゅういち》』

受け取った名刺を眺めている間に、ドアを壊したヤクザは三上を抱いたまま事務所を出ていこうとしている。

「あ、あの、ちょっと待ってください」

このヤクザが三上の飼い主ということはわかった。どうやら三上が可愛がられているらしいこともなんとなく推察できる。とはいえ三上との話も途中だし、彼の現在の状況もこうなってくるととてつもなく気になるし、と俺は若林という名のヤクザを呼び止めた。刑事だった頃にはヤクザと渡り合うこともよくあったので恐怖心はない。しかしこの若林は相当ヤバそうだということは、ヤクザ慣れしているがゆえによくわかった。

多分、かなり高い役職――幹部クラスだろう。そして性格的には、冷酷で凶暴。人の一人や二人、涼しい顔をして殺しそうな空気を身に纏《まと》っている。

先程の赤ちゃん言葉と今、目の前にいる彼とは違和感が半端ない。あれは真実の姿なのか、それとも作ったものなのか。あんな姿を俺に作ってみせる理由はさっぱりわからないものの、今や自分では危険を避けられない身体となっているであろう三上の身の安全のために、本当に彼が三上を大切にしているのか、それを確認しておきたかった。

「なんだ」

いきなり殴られるかもと身構えていたが、一応話は聞いてくれるようだ。足を止めた彼に俺は、

「まあどうぞ」

と三上が先程まで座っていたソファを示し、座ってもらおうとしたが、若林は立ったまま再び、

「なんだと聞いている」

とドスのきいた声で問うてきた。

「あの……その犬は本当にあなたの犬ですか？」

「あぁ？」

俺の質問が彼を物凄く怒らせたと、その反応で知らされる。

「当たり前だ。俺がＧＰＳで捜して見つけたと、説明しただろうが」

「それはなんの証明にもなっていないのではないかと……それこそ個体識別番号などの照合をさせていただければ証明になりますが」

半端ない迫力ではあるが、臆することなく問い返す。

「ああ、そうだな」

若林は気は短そうだったが、話の通じないタイプではなさそうだった。頭脳派なのか。しかし腕力もありそうだし、あの膨らみからしてスーツの下には銃を下げているんじゃないかと思う。

「警察ででもどこででも、照合したければ照合すればいい。番号はこれだ」

言いながら若林が手元で操作したスマートフォンをかざしてくる。

「失礼します」

俺は彼からスマホを受け取り、識別番号をメモして返すと、デスクのパソコンへと向かった。

「その犬なんですが……」

三上の生まれ変わりということは知っているのだろうかと、パソコンを立ち上げながら問おうとしたとき、三上の叫ぶ声が聞こえた。

「俺の声が聞き取れるの、お前だけみたいだ」

「え？」

どういうことだ？　と聞き返そうとしたとき、俺の耳に若林の心配そうな声が響いた。

「どうしたんでちゅか？　マカロンちゃん、急に吠えるなんて、何かあったんでちゅか？」

「……え……？」

吠えた――吠えたようにしか聞こえていないということなのか？

「あの……犬、吠えてるんですか？」

つい聞いてしまった次の瞬間、俺は後悔することとなった。

「お前の耳はついてる必要がないようだな。可愛らしいマカロンちゃんが珍しく吠えてたのが聞こえなかったのか？」

「……そういうことなんだ」

三上が俺を見て、申し訳なさそうな顔になる。

「『くぅん』って、どうしたんでちゅか？　何か悲しいんでちゅか？」

途端に焦った様子で三上を――じゃなく、腕に抱くトイプードルの顔を覗《のぞ》き込む若林を見て俺は、先程の三上の言葉に納得せざるを得なくなった。

「そういうわけだから、これからお前と頻繁《ひんぱん》に会うためにも、この飼い主と仲良くなってほしいんだよ、カイ。コミュ力が高くないお前にとっては試練だとは思うが、そこは頑張ってくれないか?」

三上が俺にしか聞こえない声で、そんな無茶振りをしてくる。

「……どうすりゃいいんだ?」

三上の声は俺にしか聞こえないが、俺の声は当然ながら誰にでも聞こえてしまう。

「何をどうするだと?」

おかげで若林が凄んできたのに、本当にどうすりゃいいんだと、俺は頭を抱えてしまっていた。

2

取り敢《あ》えず三上――ならぬ『マカロン』を抱いた若林にはお帰りいただくこととなった。引き留める術《すべ》がなかったからだが、三上は何度も俺を振り返り、

「頼んだからなー！」

と叫んでいた。若林の耳には吠えているようにしか聞こえていないので、さも心配そうに「大丈夫でちゅか」と問い掛けていたが、あの様子を見るにどうやら普段、三上は彼のもとで相当大人しくしているようだ。

二人ならぬ、一人と一匹が帰ったあと、早速俺は『若林龍一』についてネットで調べることにしたのだが、すぐに彼が極道界では有名人であることが判明した。

新宿でも古株の組織、龍鬼《りゅうき》組の若頭――ナンバーツーで、前科四犯。しかし愛犬家という情報はどこにも書かれていなかった。

まずは組事務所のある新宿で聞き込みでもするか。しかしその前に、と馴染《なじ》みの情報屋

に連絡を入れてみようと思いつく。この時間だとまだ寝ていないか起こして不機嫌にするかのどちらかだなと思いつつ、気が急《せ》いていたので早速電話をかけることにする。

『……なによ……』

どうやら寝ていたらしい情報屋は、物凄く不機嫌な声で電話に出た。

「悪い、ミトモ。寝てたか？」

『当たり前でしょ。何時だと思ってるのよ』

酒焼けのガサガサ声を出しているのは、新宿二丁目のゲイバー『three friends《スリーフレンズ》』のマスターだかママだかをやっているミトモという情報屋だった。新宿のヌシといわれるほど新宿では知らないことが何もない。見た目はエキゾチックな美女だがそれは類稀《たぐいまれ》なるメイクテクのおかげという噂《うわさ》だった。

刑事の頃から世話になっている情報屋で、探偵になってからも数回、依頼をしたことがある。しかし腕がいいだけあって結構お高いので、そうそうは頼めないのだが、そんな彼だからこそ即答してもらえるだろう、と俺は早速用件を切り出した。

「若林龍一について詳しく知りたいんだ。どこに住んでる？」

『……あんた、死にたいの？』

途端に電話の向こうでミトモが呆れた声を出す。

「生きたいけど？」

『ならかかわらないでおきなさい。若林龍一について調べるだなんて、死にに行くようなもんよ』

「確かに迫力あったけど、そこまでか？」

脅《おど》かしすぎじゃないのか、と聞いた俺の耳に、ミトモの呆れ果てた溜め息が聞こえる。

『奴の気分次第で死体の山が築かれるのよ。比喩《ひゆ》でもなんでもなく実際によ。あれだけ冷酷非道な男はそうそういないわよ。どんな依頼が来たか知らないけど、若林が絡んでいるなら即行断るが吉よ』

それじゃね、とミトモが電話を切ろうとするのを慌てて引き留める。

「その若林だけど、愛犬家じゃないか？」

『え？　犬？』

ミトモが意外そうな声を出すのに、

「実は」

と俺は、今の今、その若林が事務所に来たという話をした。勿論《もちろん》、彼の愛犬マカロンが三上の生まれ変わりということは割愛してだが。

『え？　赤ちゃん言葉？　マジ？　あんた、それ、若林じゃないんじゃない？』

ミトモはなかなか信じなかったが、俺が、

「愛犬マカロンについて調べてもらえないかな？　あと住所と」

と頼むと、渋々承知してくれた。

『住所はすぐわかるわ。新宿に最近できた超がつくほどの高層高級マンションのペントハウスよ。しかし犬ねえ。トイプードルで名前はマカロン？　ちょっと違和感半端ないわねえ』

ミトモは訝《いぶか》しがっていたが、興味を覚えたらしく、依頼を引き受けてくれた。

『わかり次第、連絡するわ。それじゃ、もう朝早い電話はご免よ』

早朝割り増しにするわよ、と、きっちり指導をしてからミトモは電話を切った。

やれやれ、とスマホをテーブルに置いてから俺は、今更ながら顔を洗いに行くことにした。それどころじゃなかったことをようやく思い出したのだ。

洗顔をして髭を剃り、セットしておいたコーヒーメーカーで淹《い》れたコーヒーを飲んでようやく思考が働くようになってくる。

三上――再び会える日が来るとは思っていなかった。当たり前だ。三上は死んだのだから。

彼との出会いは警察学校だった。偶然寮で同室になったのだが、三上の父親も刑事だったこともあってあっという間に打ち解け、まるで旧知の仲のように親しくなった。相性がよかったんだろう。

　刑事になりたいという夢も一緒だったし、警察組織に夢を見すぎていないところも同じだった。厳しい訓練も三上がいてくれたから乗り切れた部分が大きかったと俺は思っているし、いつだったか三上も同じようなことを言ってくれた。

　交番勤務は別々の場所だったが、付き合いは続いていた。数年を経《へ》て新宿東署の刑事課で再会したときは本当に嬉しかった。これはもう、運命だよな、いや、男同士で運命は寒いだろう、なんてやり取りをしたのを昨日のことのように思い出す。

　三上の死は今から二年前、暴力団関連の捜査の最中、覚醒剤取引の情報を得たと彼から連絡があった直後に通信が途絶え、捜索も空しく翌日、新宿の裏路地で遺体となって発見された。拳銃で頭を撃ち抜かれていたのだ。

　当然ながら、容疑は三上が捜査中だった暴力団関係者に向けられるはずだった。が、まるで関係のない組織のチンピラが、自分が犯人だと自首をしてきたのだった。

　擦れ違いざま、肩がぶつかったのがむかついた、それで持っていた拳銃で撃ち殺した、相手が刑事であることも、三上という名であることも知らなかったと、チンピラはすらすらと供述したが、どう考えても不自然だった。

なので当然、捜査が始まるものと確信していたのだが、自首した犯人はそのまま起訴され、有罪が確定してしまったのだった。

身代わりとしか考えられないと俺は散々主張した。同僚も同じ考えで、当時の上司、西《にし》田《だ》係長もまた同じく上に掛け合ってくれたのだが、結果は覆《くつがえ》らなかった。

『諦《あきら》めろ』

おやっさんこと西田係長は面倒見のいい、いい上司だったが、長いものに巻かれる傾向があるとは前々から認識していた。だがまさか、部下の死に関しても『巻かれて』しまうとは、と、西田を信頼していただけに俺はすっかり彼に、そして警察という組織に失望し、辞表を叩きつけたのだった。

三上の最後の電話を受けたのは西田だった。俺はその日、当直明けで寮で呑気《のんき》に寝ていた。俺と三上との最後の会話は、当直に入る前、彼が帰宅する際の短いものだ。

『今日の昼間に入った新宿のラーメン屋、めっちゃ美味《おい》しかったから、今度一緒に行こうぜ』

『おう！　場所、忘れんなよ。お前は方向音痴だから』

『お前こそ未だに地図アプリの世話になってるじゃないか』

お互い様だ、と三上が笑って手を振り、去っていく。その背を俺は見送ることなく、当直室へと向かってしまった。

直後に店情報のメールが来た。『ここ』という一言が添えられているだけのそのメールが、彼の最後のメールとなった。

刑事になったときから、常に我が身が命の危機と隣り合わせであるという自覚は勿論持っていた。父親が殉職していることもあり、同僚よりも危機感は強く抱いていると思っていたが、いざ、三上が亡くなってみると、まるで覚悟はできていなかったことを思い知らされたのだった。

当時、俺は別の殺人事件の捜査を担当していたので、三上がかかわっている暴力団関係の捜査の内容を詳しく知らなかった。亡くなったあと西田に掛け合ったが教えてはもらえず、逆に、悪いことは言わない、雉《きじ》も鳴かずば撃たれまいと説得されるに至り、それで刑事を辞める決意を固めた。三上は死んで二階級上がったが、それも空しかった。葬儀は大々的に行われ、本庁のお偉方まで来たが、そんなことより三上を殺した本当の犯人の捜査をしろよ、と憤りを覚えた。三上の遺影を前に俺は、犯人は必ず見つけてやる、と誓ったものの、いざ警察を辞めてしまうとまるで捜査のツテもなく、己の生活に追われるうちに二年という歳月が過ぎていった。

今更ではあるが三上に詫《わ》びたい。溜め息を漏らした俺の耳に、タタタタタタッという微かな足音が聞こえ、はっとして振り返る。

「カイ！」

「み、三上……！」

壊れたままの事務所のドアのほうから俺に向かって駆けてきたのは、今さっき別れたばかりの三上――が転生したという可愛いトイプードルだった。心の中で呼びかけた、そのタイミングでの登場に、相変わらず相性がいい、となんだかじんとしてしまう。

「隙《すき》を見て逃げてきた。あのまま帰ると家に閉じ込められそうだったからさ」

ハッハッと息を吐きながら、三上が得意そうな顔でそう言ったあと、

「悪い、水、もらえるか？」

と頼んでくる。

「お、おう」

感慨《かんがい》に浸っているのは俺だけだったか、と照れくさく思いつつ、頷《うなず》き立ち上がるも、はて、水はコップに入れればいいのか、それとも皿に入れればいいのかと迷い、振り返って聞いてみる。

「どうやって飲むんだ？」

「……あー、そうだよな。皿かなー。コップは手に持てないから」

三上が首を傾げつつ答えてくれたあと、

「あ！」

と何か思いついたような声を出した。

「なんだ？」

「ペットボトルから直接飲めるかも。お前の手を借りることになるけど」

「なるほど」

赤ちゃんのように抱きかかえて飲ませると、そういうことか、と察し、早速やってみることにする。

冷蔵庫から取り出したミネラルウォーターのペットボトルの蓋《ふた》を開けて手に持つと、三上が、

「いくぜ」

と飛び上がってきた。凄い跳躍力だ、と感心しつつ、片手で抱き留める。

「相変わらず運動神経、いいんだな」

朝のインターホンのピンポン連打もこうして飛び上がっていたのか、と納得する。

「犬はみんなこんなもんだよ」

照れているのかはたまた事実なのか、三上はそう言うと、ペットボトルへと視線を向け

た。

「おっとそうだった」

忘れてたわけじゃない、と俺はソファに座ると三上の口にペットボトルの口をつけ、ゆっくりと傾けてやる。が、三上はすぐ水を噴いてしまった。

「悪い、やっぱり無理っぽい。零《こぼ》れるほうが多いわ」

申し訳ない、と詫びながら、三上が、やれやれ、というように溜め息を漏らす。

「人間だったときの記憶が蘇《よみがえ》ってから、犬としての生活がやりにくくなったんだよな」

「いつ、記憶が蘇ったんだ？」

「最近だよ。ここ二週間って感じだ」

三上の答えに、へえ、と頷きつつも俺は彼をソファの上に降ろすと、水を飲ませられそうな少し深さのある皿を探しに、奥の部屋へと向かった。簡易式キッチンには食器もそう揃《そろ》っていないので、来客用のコーヒーカップのソーサーに水を入れ、テーブルの上に置く。

「飲めるか？」

三上もテーブルの上に移動させてやると、

「ありがとう」

と笑顔で――犬の笑顔は本当に可愛い、と見惚《みと》れそうになった――礼を言ったあと、ぴちゃぴちゃと水を飲み始めた。

その姿はやはり、どこからどう見ても犬そのもので、とても三上が中に入っているとは信じられない。中に入っているという表現はよくないのか。三上の魂《たましい》が宿っている？　この小さな身体に、と、思わず凝視してしまう。

「やっと落ち着いたよ」

ふう、と三上が顔を上げてそう告げる。口元を拭いてあげたほうがいいのだろうかと、見つめていると、三上は、

「大丈夫だから」

と察した上で断ってきたあと、改めて口を開いた。

「犬に生まれ変わったのは二年前で、多分、死んだすぐあとなんじゃないかと思う。物心ついたときにはあの、若林って男に飼われてた。赤ん坊の頃のことはあまりよく覚えてないけど、ミルクを飲ませてもらったことはぼんやりと……しかし奴は過保護で、結構なストレスにはなってたんだよ。記憶が戻る前も」

「……赤ちゃん言葉だったもんな……」

先程の若林の姿を思い出すと同時に、悪寒から身体が震えてしまった。

「悪い奴じゃないんだよ。あ、いや、世間的には悪い奴なんだけど、俺にとっては……な

んていうの？　溺愛《できあい》されてるっていうか、愛が重いっていうか……」

「そんな感じだったな……」

　三上が遠い目になるのと同じく、俺もまた遠い目になっていた。ヤクザの溺愛。バイオレンスの匂いしかしないが、実情は赤ちゃん言葉である。

「……で、二週間前にいきなり、前世の記憶が蘇ったんだ。今まで犬として生きてきた記憶もあるから、ああ、生まれ変わったんだなとすぐわかった。何せこのトイプードルの誕生日と俺の命日が同じなんだ」

「本当か？」

　俺は正直なところ、今まで『輪廻転生《りんねてんせい》』といったことには無関心だった。人は死んだら生まれ変わるのかなど、考えたことがない。

　しかしこうして『実例』を目の当《ま》たりにすると、信じるしかないわけで、と、改めて三上を見やる。

「本当だよ。嘘《うそ》ついたって仕方ないだろ」

　この返しは間違いなく三上だ。しかしそれならなぜ、と俺は抱いていた疑問を彼にぶつけることにした。

「なんで犬に生まれ変わったんだ？」

「知らないよ。神様に聞いてくれ。とはいえ俺、無宗教なんだけど」

三上はそう言ったあと、

「まあ、犬も悪くないけどな」

と苦笑――そう、彼ははっきりと苦笑した。トイプードルの顔なのに。

「お前、犬好きだっけ？」

「特別好きってわけでもなかった。どちらかというと猫派かな。お前は？　犬派？　猫派？」

「どちらかというと犬派かなあ」

本当は猫のほうが好きだったが、今や犬となっている三上を前にしてそれを言うのは躊《ため》躇《ら》われた。思いやりから吐いた嘘を三上はことのほか喜んでくれた。

「そうか、よかった。やっぱり俺たち、気が合うな」

「そうだな」

嬉しそうな三上を見てほっとしつつ、『犬も悪くない』と彼が言った理由を聞いてみる。

「見た目が可愛いからか？　トイプードルだよな？」

「うん、同じ生まれ変わるならドーベルマンとか、強そうな大型犬がよかったんだけどな。まあ、トイプードルも悪くないんだよ。プードルってもともと、狩猟犬って知ってたか？」

「いや、知らない」

「俺も知らなかったんだけどさ」

三上が笑顔で言葉を続ける。

「だから運動神経がいいのかもしれない。散歩も好きだし」

「散歩か」

当然ながら、飼い主が付き添うのだろうが、ということはあの若林が？　ちょっと想像できないのだが、と首を傾げていた俺に、三上が、

「言いたいことはわかる」

うんうん、と頷く。

「若林については、もう調べたんだろう？」

相変わらず三上は、俺の行動を読むのが早かった。

「ああ。有名なヤクザだろう？　龍鬼組の若頭だそうだな」

「ああ、そうだ。今住んでいるところがまた凄いんだ。東京の夜景を一望できる高層マンションの最上階でさ。しかも三部屋ぶち抜きだぜ」

「……ヤクザって儲《もう》かるんだな」

情報屋のミトモは超高層超高級マンションと言っていた。その最上階に三部屋ぶち抜き

とは。購入しているのなら一体何億になるのだろう。

と、ここで、俺の頭に閃《ひらめ》きが走った。

「もしかして！　お前が死ぬ原因になったのは彼なのか？」

自分の命を奪った人間への復讐《ふくしゅう》のために神様がその愛犬に生まれ変わらせてくれたのではないか――というのは、ファンタジー小説の読みすぎか。いや、読んでないけれども。

しかしその可能性はある。ごくりと唾《つば》を飲み込んだ俺だったが、三上はあっさり、

「いや？」

と首を横に振った。耳も一緒に振られて可愛いことこの上ない。

「え？　違うの？」

「ああ。当時、俺が調べていたのは龍鬼組とはまったく別の団体だよ」

「……なんだ、そうなのか」

やはり小説のように上手《うま》くはいかないか、と落胆《らくたん》すると同時に、仮に復讐のために犬に転生したとしても、こんな愛らしい犬に復讐ができるわけがないか、と己の考えの至らなさに気づいて密かに溜め息をついた。

「いやあ、犬でもできることはあるぜ。溺愛されてるから敢えて冷たくするとか」

さすが三上、俺は何も言わなかったというのに、思考を読んだ上で落ち込みも察し、フ

ォローまでしてくれている。

「……本当にお前は得がたい友人だ……よ」

『だった』と過去形で言いそうになり、今、目の前にいるじゃないかと、慌てて言い直す。

「お前は昔から単純だからな。考えていることがなんでも顔に出るんだよ」

「そうなのか？」

自覚がなかった、と頬に手をやると同時に、三上の顔を思い出す。

「お前も相当、顔に出てたような」

三上はそこそこイケメンだったので、女性警官にもそこそこモテた。バレンタインデーの日にチョコをもらい鼻の下を伸ばしていた姿がふと蘇る。しかし、今のほうがもっと女性にはモテるんだろうなと、可愛らしい外見を見て頷くと、今回も三上は正確に俺の心を読み憤慨してみせた。

「お前ほどじゃないし、人間だった頃だってお前よりはモテただろ？」

「比較対象が俺ってどうなんだよ。せめて爽《さわ》やかイケメンの風間《かざま》と比べてみろや」

「風間、懐かしいなー。あいつ、イケメンだけどヘタレだったんだよな。だから顔ほどモテなかったんじゃなかったっけ？」

「よく覚えてるな……」

そういやそうだった、と思い出したあと、そんなことを話している場合ではなかったとすぐさま俺は我に返った。

「で、前世の記憶を取り戻して、それから俺を捜したんだよな？」

どうも三上と話していると、話題があっちこっち寄り道状態になってしまう。そもそも三上はなぜ、俺を捜したのか。懐かしさから、というわけではなさそうだ。いや、そうだとしても充分嬉しいのだが、と三上を見る。

「それこそ復讐だよ」

「え？　お前が俺に？」

「馬鹿《ばか》か。なわけないだろ。なんでお前に復讐するんだよ」

驚いて問い返すと逆に驚かれ、また話がズレていく。

「もう、余計なツッコミ入れるなよな」

怒ってみせた三上だったが、なぜかはっとした顔になった。この短時間でどうやら俺は犬の表情を読み取る術を身につけたようだ。

「どうした？」

「ヤバい。若林が来る」

「えっ」

ぎょっとして壊れたままのドアを見やる。もう壊しようがないので大丈夫——なわけがない、と俺は焦って周囲を見渡した。何か武器になりそうなものを探したのだ。

「焦るな。よし、俺を抱いてろ」

三上がぴょんと跳躍し、俺の腕の中に飛び込んでくる。

「ちょっと待てよ。あいつはお前を溺愛してるんだろ？　俺と仲睦《むつ》まじいところを見せつけて大丈夫なのか？」

俺は、と聞こうとしたそのとき、俺の耳にもはっきりと階段を上ってくる足音が聞こえてきた。

映画『ターミネーター』の効果音が頭の中で響き渡るも、実際目の当たりにするとターミネーターより怖いかもしれない。やがて若林の姿がドアの外に現れ、彼は壊れたドアをちらと横目で見やったあと、真っ直ぐに俺へと近づいてきた。

俺へと——ではなく、彼の目には三上しか映っていないことを、すぐ認識させられる。

「マカロンちゃん、どうしたんでちゅか。またいなくなるなんて。捜ちまちたよー！」

迫力のありすぎるビジュアルから放たれる赤ちゃん言葉は、充分恐怖の対象だった。マカロンならぬ三上はそんな若林に背を向け、くうん、くうん、と甘えるような声で鳴き、俺を見上げてくる。

よせ。誤解される。目の前でサングラスを外した若林の目つきが、みるみるうちに凶悪なものになっていく。ようやく俺を認識したと同時に、攻撃対象とされてしまった、と俺は焦って笑顔を作り、若林に媚《こ》びることにした。

「こ、こんにちは。またおたくのわんちゃんがウチに来てしまったようで、その……」

「ちゅ〜るか」

じろ、と取り殺しそうな目で俺を睨《にら》みながら、若林が意味のわからない問い掛けをしてくる。

「え？　ちゅ〜る？　って？」

「マカロンにちゅ〜るを与えただろう？　何味だ？」

「ああ、あのちゅ〜る……」

猫が好きなのかと思っていたが、犬用のもあるのか、と納得しているような場合ではなかった。

「どのちゅ〜るだ」

「いえ、誤解です。何もあげていません。なのになぜか……ええと」

なんとか言え、と俺は腕の中の、つぶらな瞳で俺を見上げている三上を見やった。

「俺の気持ちがわかるって言えばいい」

「え？　なんだって？」

聞き返している間に、若林が俺に駆け寄り、三上に顔を近づける。

「どうしたんでちゅか？　ウチに帰りたいんでちゅよね？　さあ、こっちへ」

「帰りたくない！　ここがいい！　って言え！」

若林が三上を強引に奪い取ろうとする。それに抗《あらが》いながら三上が必死に訴えかけてきたが、果たしてそれを告げて俺は無事でいられるのだろうかと不安になった。

しかし、親友を見捨てることはできないと勇気を振り絞る。

「その……みか……いや、マカロンは家に帰りたくない、ここにいたいと言ってます」

「なにを⁉」

予想どおり、俺の言葉は若林の逆鱗《げきりん》に触れた。

あ、これ、命がないやつだ、と情けないことに足が震えそうになる。ヤクザと渡り合った経験が多少はあるだけに、彼らが放つ殺気も正確に見極めることができるのだ。今度は俺が死ぬ番だ、と三上に視線を送る。俺も犬に生まれ変わったら仲良くしような——と言いたかったが、三上はそんな俺の気持ちを今回は汲《く》まずにひたすら喚き立ててきた。

「家はいやだ、高所恐怖症だから、と言ってみろ！」

「え？　あ、ああ」

確かにそれは『ここにいたい』の理由になる、とすぐにも懐《ふところ》から銃を抜きそうな状態の若林に告げてみる。

「あ、あの、マカロンちゃんは、高所恐怖症なので、今の家は嫌だそうです」

「なんだと⁉」

幸い、若林は俺の言葉に耳を傾けてくれたようだ。愛犬に関することだからかもしれない。

「高所恐怖症？　ああ……」

そして納得した様子になったところを見ると、普段の三上がそれらしい振る舞いをしていたのかもしれない。

「いや、実際俺、高所恐怖症で、今の天井までの高さがある窓が怖くてさ」

三上もまた、ほっとしているようだったが、すぐ、

「あと、食い物の文句も言ってくれ。高級なドッグフードは口に合わないって。銘柄《めいがら》は……」

銘柄まで詳しく教えてきたのは、若林の信頼を得るためだろう。

「あとはドッグフードにも不満があると。いつも出されている……」

と、説明すると、若林がショックを受けた顔になる。

「なんだって？　マカロンちゃんによかれと思って選んだのに、好きじゃなかった……だと？」

がっくりと肩を落とした様子から、これもやはり三上が普段からそれっぽい振る舞いをしていたのではと推察した。そうじゃなければ、俺の言葉に信憑性《しんぴょう》を見出すはずがないからだ。

ケチをつけやがって、と拳銃を抜かれていたことだろう。そうならなくて本当によかった、と腕の中の三上を見やると、

「安心するのは早いからな」

と釘を刺されてしまった。

「え？」

「……常にカーテンを閉め、食生活も改善せねば……」

ぶつぶつと呟《つぶや》き始めた若林を見て、そういうことか、と察すると同時に、どうすりゃいいんだ、と三上を見る。

「少しはお前も考えてくれよ」

「……ええと……」

確かに、頼りっぱなしだった、と反省するも、何一ついいアイデアは浮かばない。と、

今まで青ざめ、ぶつぶつ言っていた若林が、はっとした顔になったかと思うと、俺に鋭い視線を向けてきた。

「お前、探偵だったな」

「はい……？」

それが何か、と眉を顰《ひそ》めつつ頷いた俺に向かい、ずい、と身を乗り出すと若林がドスのきいた声で問うてくる。

「俺の家や、マカロンちゃんにあげているドッグフードの銘柄を調べ上げた上で言ってるんじゃなかろうな？」

「ち、違いますよ。今、彼から聞いたんです」

「本当に犬の言葉がわかると？」

若林が疑わしそうな目で俺を見る。俺だって同じことを言っている相手がいたら疑うよ、と思いつつ、

「この犬だけですが……」

と、正直なところを告げた。他の犬を連れて来られて、心を読めと言われても困るからだ。

「あ、その辺は俺がなんとかするよ。俺、犬と意思疎通できるし」

「え、そうなの？」

なんだ、それなら、と言い直そうとした俺は、不意に胸倉を摑まれ、ぎょっとしてその手の主を——若林を見やった。

「今、マカロンちゃんと会話しているとでも言う気か？」

「そ、そうです。マカロンが他の犬と意思の疎通を図ってやるって……」

「マカロンちゃんが……？　お前に……？」

若林は物凄い衝撃を受けた顔となっていた。そのままくずおれそうになる彼に、せめて胸倉は放してからにしてくれ、と手を添える。と、若林は、はっと我に返った顔になったかと思うと、逆に俺の手を握り返してきた。

「あ、あの？」

男に手を握られ、喜ぶ趣味はない。振り解《ほど》こうにも、片手では三上を抱いているため、振り解くこともできずにいた俺に向かい、さらに身を乗り出してくると若林は、思い詰めたような顔でこんなことを聞いてきた。

「マカロンちゃんは、俺のことをどう思っている？」

「えっ」

まさかこの男、俺の言葉を信じたのか？

いや、真実ではあるのだけれど、それにしても犬の言葉がわかるなんて、普通は信じないだろう。

どうしよう、と俺は、三上へと視線を向けた。

「好きって言っておいたほうがいいんだろうなあ」

三上がややうんざりした顔で、ぼそ、と言葉を発する。

「あ、そうだ。大好きだけど時々愛が重いので、一週間くらい離れて暮らしたい。そう伝えてくれるか?」

「いや、お前、それは……」

伝えたあと、俺の命は無事なんだろうか。『好き』と言われることをこうも望んでいる若林の潤んだ瞳を前に、ごくりと唾を飲み込む。

「なんだって?」

若林が俺の手を握る手に力を込める。ああ、もう、なんとでもなれだ、と俺は、今、三上が言ったとおりの言葉を彼にぶつけてやったのだった。

3

「いやー、計画どおり。『ニヤッ』ってね」

「デスノートかっ」

俺の事務所のソファで文字どおりふんぞり返っている三上に思わず突っ込む。

そう、彼の計画どおり、若林は三上の言葉を告げた俺の前で、三十秒ほど震えていたが、やがてがっくりと肩を落とし、事務所を出ていったのだ。

「……愛が……重い……」

落ち込みまくっている様子を目の当たりにし、さすがに罪悪感を覚えた。言わせた本人――本犬か――の三上に言わせると「嘘は言ってない」とのことだが。

「ともかくこれで、ゆっくり話ができる。あ、でも、お前の仕事の邪魔をするつもりはないから。そうだ！　俺、手伝うよ！　一度探偵ってやってみたかったんだよ」

「いや、手伝ってもらうような仕事は残念ながら今、ないんだ」

やる気満々の三上は俺の返しを聞き、あからさまにがっかりした顔になった。

「そうなのか……ネットの評判は結構よかったから、繁盛しているのかと思ったよ」

「評判は叔父のときのだろ？　俺に代わってから新規の顧客が開拓できてなくてさ。ジリ貧って感じなんだよ」

「あー、お前、イマイチ愛想ないからなあ」

「お前は愛想よかったよな。まあ顔もよかったけど」

しかし今は犬だ。とても可愛い上に喋れもするが俺にしか彼の声は聞こえないから、来客の対応をお願いするわけにはいかない。

「顔はお前もいいじゃないか」

「空しい褒め合いはやめよう」

「え？　さっきのお世辞？」

二年前さながらのやり取りが本当に懐かしい。ほっこりしてしまっていたが、そのとき卓上の電話が鳴った。

「はい、甲斐探偵事務所」

「愛想がない！」

途端に三上の駄目出しが飛んでくる。

「もっと丁寧に！」

「し、失礼しました。甲斐探偵事務所です。ご依頼ですか？」

『あの……飼い犬がいなくなってしまったんです。柴犬なんですけど……』

「犬探しですね。かしこまりました。こちらにいらっしゃいますか？　それとも私がご自宅に伺いましょうか」

愛想良く、愛想良く、と心の中で繰り返し話を進める。こうした気遣いを、今までおざなりにしてきたのではないかと、俺は反省していた。

叔父も客に対して愛想はよかった。刑事だったから上からの物言いが癖になっているようだが直せ、と厳しく言われたことを今更のように思い出す。自分としてはそんなつもりはなかったので、また叔父の刑事アレルギーが出たくらいに考えていたのだが、今ならわかる。目つきが悪いつもりがなくても悪かったように、俺の応対は接客業失格だったのだ。

叔父がやっていたように、と遠い記憶を辿《たど》り、丁寧な対応を心がけると、あっという間に依頼は成立した。

『それじゃ、来ていただけますか？　住所、言いますね』

名前と住所、それに連絡先を聞き、電話を切る。

「なんだ、やればできるじゃないか！」

三上もさすがもと刑事、上からの物言いだが、同類なのでむかつきはしなかった。

「お前のおかげだよ。確かに俺には丁寧さが足りてなかった」

「え？　今？　二年のキャリアはどうした？」

容赦《ようしゃ》なく突っ込めるのも親友だからこそ――とは思うが、今のはグサッときた、と胸を押さえる。

「……まあ、学びに遅い早いは関係ない。学べてよかったと思おう」

あまりフォローにはなっていない言葉だが、気遣いはありがたいと、俺は素直に礼を言った。

「……ありがとう。それじゃ、ちょっと留守にするが寛《くつろ》いでいてくれ」

「えっ。置いていくのか？」

三上が悲しげな様子で声をかけてくる。

「犬連れで行くわけにはいかないだろう……あ、そうか」

寛げと言われても、犬では冷蔵庫を開けることもできないだろうし、電子レンジも当然ながら使えない。

「留守中のお前の餌《えさ》と水か。三上、お前、何を食う？　ドッグフード、買ってきたほうがいいか？」

水は皿に注いでおけばいいのだろうか。どのくらいの量を飲むのかも聞かねば、と問い掛けようとした俺に、三上が飛びついてきた。

「おっ」

反射神経で抱き留めたものの、意図がわからず顔を見下ろす。

「俺も行く」

「どこに?」

ドッグフードを買いにか、と確認をしかけた俺の言葉に被せる勢いで三上が吠え立てた。

「依頼人のところにだよ! 決まってるだろ!」

「え? いやあ、それは……」

連れていくわけにはと断ろうとしたが、三上の主張を聞き、なるほど、と納得した。

「犬探しだろう? 俺、絶対役に立てると思うぜ。言っただろ? 犬の言葉がわかるって。それに犬は人より鼻が利くからな。匂いで捜してやるよ」

「あ、そうか」

確かに頼りになる。が、お言葉に甘えてしまってもいいのだろうか。一瞬躊躇ったが三上がドヤ顔で、

「任せろ!」

と胸を張――れはしなかったが、可愛い笑顔になったのを見て、彼の言葉に従うことにしたのだった。

ありがたい申し出ではあるが、受けていいのかと躊躇《ちゅうちょ》した。しかしそれでもあっさり彼の申し出を受け入れたのは、この可愛さのせいではないかと思う。

「お前、凄い武器を手にしたな」

「この容姿だろ？　我ながら惚《ほ》れるもんな、あ、でもお前は若林みたいになるなよ？　俺の腹に顔を埋《うず》めて吸うとか、なしだからな」

「……ドンマイ」

若林にそんなことをされていたのか、と、その図を想像し、心から三上に同情した。とはいえ、俺も中身が三上ではなかったら、頬摺りくらいはしていたかもしれない。そのくらい、今の三上の外見は可愛いのだ。

そうだ、彼にポスターのモデルになってもらうのはどうだろう。間違いなく人目はひきそうである。ああ、でもこれから売りにしようとしていた、暴力団関係者撃退にはそぐわないか、と腕を組み、考え込んでいた俺に、三上が声をかけてくる。

「早速行こうぜ。あ、電車じゃないよな？　電車だと出掛けるのが少々面倒になるんだ。ああ、それから、一応リードはつけたほうがいい。放し飼いだと思われて文句言われたりするから」

「わかった。……ってリードなんてないぞ？」

叔父も、そして俺も、犬を飼っていたことがないので、事務所にも生活スペースにもリードなどない。

「ま、あとから買うか。しっかり抱いててくれよ」

「わかった」

三上にリードされるのもまた懐かしい。そういや昔もその傾向があったなあ、と、二年前に思いを馳《は》せつつ、俺は三上を抱き、駐車場へと向かったのだった。

依頼主の自宅は東高円寺《ひがしこうえんじ》にあった。ナビに住所をセットし、助手席に三上を乗せる。車は叔父のもので、目立たない国産車で紺《こん》色のセダンだった。そういえば犬にシートベルトはいらないよな、と助手席を見ると、やはり俺の心を読んだ三上から、

「いらないよ。第一どうやってはめるんだよ」

と呆れられてしまった。

依頼人は山田美香子《やまだみかこ》という名で、捜している柴犬の名は太郎《たろう》といった。家は青梅《おうめ》街道から一本入った場所にある一戸建てで、ゴミ出しの際にうっかり門を開けっぱなしにしてしまっていたところ、脱走したのだそうだ。

「外飼いですか?」

「今どき外じゃ飼わないぜ。八割が室内飼いだ。一戸建てでもな」

すかさず三上から指摘が入ったのに、へえ、そうなんだ、と感心しかけ、慌てて堪《こら》える。

「失礼しました。室内飼いですね?」

「ええ。ちょうどリビングの窓も開けていて……本当にあっという間のことで、追いかけることもできなくて……」

美香子は心から心配している様子だった。顔色も悪い気がする。

「写真、ありますか?」

「お渡ししますね。プリントアウトしておきました」

準備がいい、と感心している俺に美香子が数枚の写真を手渡す。三上が転生したトイプードルも可愛いが、柴犬もまた可愛いなあ。そんなことを考えながら写真を捲《めく》っていると、美香子が説明をしてくれた。

「四歳のメスです」

「えっ」

メスなのに太郎。いや、別にいいんだけど。名字が『山田』となると『山田太郎』、ドカベンか? そこを狙ったんだろうか。いや、まさか、と混乱しているのがわかったのか、

「最初、オスと聞いていたんですよ」

と美香子がバツの悪そうな顔でそう告げた。

「来てみたらメスだったので、名前を変えようとしたんですけど、太郎が一番気に入ったのが『太郎』という名前で……」

「気に入ったというのは？」

どうやってわかったんだと首を傾げると、

「名前を呼んでみて、一番食いつきがいいのにしたんです」

と美香子が答える。

「なるほど」

感心していると美香子が「あの」と不満げな顔となる。

「急いで探してほしいんです。一応、首輪はしているので保健所に連れていかれたとしても連絡は来るとは思うんですが、うちの子、可愛いから盗まれるかもしれませんでしょう？　交通事故も心配だわ」

「わかりました。早急に。あ、いつもの散歩のルートを教えてもらえますか？　それから、太郎君……太郎ちゃんにとっての馴染みの場所も」

ペット探しは何度か経験があった。どの犬猫も――イグアナ、というのもいたが――見つけられている。

今回も無事に見つけられますようにと祈りつつ、美香子から必要なことを聞き込むと、太郎がいつも使っているというキャリーケースを借り、山田家をあとにした。

美香子は三上には触れず仕舞いだった。自分の飼い犬の失踪《しっそう》で頭がいっぱいなのだろう。

三上の可愛さをもってしても彼女の心を癒《いや》すことができないとは、それだけ飼い犬に対する愛情が深いと、そういうことなんだろうか。

「何考えてるんだ？」

三上に問われ今考えていたことを告げると、

「お前こそ、『三上の可愛さをもってしても』って、俺にメロメロすぎるだろう」

と呆れられてしまった。

「人のことは言えなかったか」

「愛が重いぜ」

ふざけて笑っていた三上だが、前から黒柴の散歩をしている若い男が歩いてきたのに気づき、「おい」と俺に声をかけた。

「お前は飼い主に聞いてみろ。俺は犬を担当する」

「わかった」

早速話しかけようとした俺に三上が注意を与える。

「丁寧に、な」

「わかった」

先程三上の忠告を聞いた途端に、仕事に繋がったこともあって、素直に彼の注意を受ける。

「すみません、実は迷子の柴犬を探していまして」

「あ、はい」

大学生だろうか。話しかけられ、最初はぎょっとしたようだったが、俺が探偵を名乗り、捜していた太郎の写真を見せる頃には落ち着いていた。

「あ、山田さんのところの子ですね。太郎ちゃんだっけ。女の子なのに太郎って、別にいいけど面白いですよね」

ふふ、と笑った彼だったが、見かけなかったかという問いには、首を横に振った。

「見てないです。散歩している太郎ちゃんと太郎ちゃんママとはこの辺でよく会うんですが……」

「そうですか」

ママ、という言葉に衝撃を受ける。そういえば飼い犬や猫に対して『パパ』『ママ』を名乗る飼い主は多いのだった、と思い出していた俺に、黒柴の『パパ』が話しかけてくる。

「その子は？　探偵さんの飼い犬ですか？　可愛いですね」

「ありがとうございます。みか……えっと、マカロンといいます」

「マカロンちゃん。オスですか？」

「はい」

「名前もジェンダーレスになってきてますよね。ウチの子はメスです。ミミたんって言います。三歳なんですよ」

「可愛いですねえ」

トイプードルも可愛いが黒柴も可愛い。俺は猫派のはずなんだが、やっぱり犬も可愛いなあとつい相好《そうごう》を崩しそうになっていると、三上が吠えた。

「ワン」

「えっ」

喋るんじゃなく、吠えてる？　と驚いて腕の中の三上を見る。

「ワンワン」

と、今度は黒柴が三上に向かって吠えたあと、くうん、と飼い主を見上げた。

「どうした？　ミミたん？」

「ワンワン」

黒柴が吠えるも、飼い主には当然ながら言葉は通じない。

「どうした？」

「太郎のことを聞いたら見かけてないっていうんだが、さっき擦れ違った散歩の犬たちが太郎のことを話してたって」

「マジか！」

なんと、さっきの「ワン」は黒柴と意思疎通を図っていたのか、と感動した。

「あの？」

黒柴の飼い主が訝しそうに俺を見る。

「あ、すみません、先程会われた犬の飼い主さんがどんなかたでどんな犬か、教えていただけませんでしょうか」

「え？　ええと？」

戸惑う彼に俺は、『ミミたん』の動作から、何かを察した、という、説明にならない説明をせねばならなくなった。

「犬の気持ちがわかるんですか？　凄いな」

愛犬家あるあるなのか、それともこの彼が相当単純なのか、疑問を覚えることもなく、素直に『犬の言葉がわかる』という俺の話を信用してくれた上で、とても羨ましそうな顔になった。

「いいですねえ。ミミたんが何を言いたいのか、僕には全然わからなかったのに。どうやって体得したんですか？　まさか生まれつき？」

「ペット探しのためのスキルとして学びました。外すことも多いんですけど……」

納得のいく説明をしないと、興味を抱かれ話が長くなりそうだ。それで俺は適当を言うと、再び、

「それで、先程会った散歩仲間の皆さんは」

と彼に問い掛けたのだった。

「飼い主は中年女性、縦にも横にも大きいタイプ、犬はマルチーズが二匹で、マルチーズが喋ってたって」

黒柴の飼い主より前に三上が詳細を教えてくれる。とはいえ聞いた手前、やっぱりいいです、というのもなんなので、彼の答えを待つことにした。

「ええと……今日、話したのは、しんちゃんといちろちゃんのママですかね。二匹のマルチーズです。ママは、ええと、大柄で、ああ、今日は赤いセーターを着ていました」

「ありがとうございます！　助かりました！」

礼を言い、彼が来た道を進んでいく。

「パパとかママとか、慣れないよな」

赤いセーターを着て犬を二匹連れている大柄の女性を捜しつつ歩いていると、三上がぼそりとそんなことを言ってきた。

「親じゃないもんな」

俺も違和感があった、と同意したあと、飼い犬からしたらどうなんだ、とそれを聞いてみることにする。

「さっきのミミたんは、飼い主のことを『パパ』と思っていたか?」

「さすがに実の親とは思ってないよ。保護者とは思ってるようだけど」

「わかってるんだなあ、その辺は」

「感心するようなことじゃないかと」

もしかして馬鹿にしてる? と俺を睨んだ三上だったが、すぐ、

「あれじゃない?」

と四つ角を通りすぎたところを歩いている、女性と犬に気づいて俺に教えてくれた。

「赤いセーターにマルチーズ。間違いないな」

気づくのが早い、と褒めると、

「人間より鼻が利くからね」

と自慢される。

「連れてきてよかっただろう？」

「本当だよ。助かった」

さっきの黒柴からの聞き取りといい、本当に役に立ってくれている。ありがたい、と心から感謝をしつつ、俺はマルチーズたちの『ママ』へと駆け寄っていった。

「あの、お忙しいところすみません、迷子の犬を探していまして……」

「迷子？」

犬好きに悪い人はいないのか、『迷子』と言うと今回の飼い主もすぐに話を聞いてくれた。

「こちらの柴犬なんですが」

「あら、太郎ちゃん。いなくなったの？　心配ねえ」

写真ですぐ気づいたのは、多分特徴的な首輪のせいだろう。目立つようにという配慮なのか、蛍光ピンクとブルーグリーンという、目がチカチカするような首輪を太郎はしているのだった。

「でも見かけてないわ。お役に立てなくてごめんなさいね」

「ワン」

と、三上が二匹のマルチーズに話しかける。

「あなたのわんちゃん？　可愛いわね」

「ありがとうございます。おたくのわんちゃんたちも可愛いですね」

「しんちゃんといちろちゃんっていうの。しんちゃんの本名は真実、真実一路ってわけ。ふふ、双子なのよ」

「そうなんですね」

俺が女性と話している間に、三上はマルチーズからの聞き込みを終えていた。

「今日はなんでそんなに吠えるの？　しんちゃん、いちろちゃん」

話が長くなったからか、飼い主が不思議そうにマルチーズたちに問うている。

「すみません、ありがとうございました」

三上が目で急げ、と言ってきたので、俺は彼女に礼を言い「見つけてあげてくださいね」という言葉に送られつつ歩き出した。

「わかったか？」

「ああ、蚕糸《さんし》の森公園で、太郎が一人でいるのを見かけたそうだ。飼い主のほうはまったく気づいていなかったが」

「蚕糸の森か。ここから近いな」

「トイレの近くだと言ってた」

三上に言われ、俺は彼を抱いて走った。

「リード、買えよ。俺のほうが速く走れるよ」

文句を言う三上に「すぐ買うよ」と言いはしたが、いくら速く走れようが単体で走るわけにはいかないだろうに、と気づく。

「早く！　こういうのはスピード勝負だ」

「わかってるって」

二日酔いはすっかり醒《さ》めている。が、日頃の運動不足がたたったのか息切れがしてきた。片手に三上、もう片方の手にキャリーを持っているのがまた走るのに邪魔になっている。

「しっかりしろよ、カイ。昔はもっと走れただろう？」

「ああ……っ」

当時は鍛えていたしな、と言いたいが、息が上がって言葉にできない。猛省だ。ジムに通う金銭的余裕はないから、ランニングでもするか、などと考えながら走るうちにようやく公園に到着した。

「トイレだったよな」

入り口の近くにあったトイレの周りをくるっと一周する。

「いない……」

「あっちだ、多分」

捜していた柴犬の姿がなく落胆しかけていると、三上が顔を斜めの方向へと向け、行け、と指示を出した。

「匂いか?」

「そう。あとは勘。俺の勘がいいのはお前もよく知ってるだろ?」

「そうだったな」

ようやく息が整ってきたところ、また全力疾走《しっそう》させられる。緑が多いこの公園の、一体どこにいるというのか。それとももういないのか。まだいてくれますようにと祈りつつ走り続けること数十秒、

「いた!」

三上が声を上げたと同時に、俺の腕の中から飛び出す。

「おい、ちょっと待て!」

リードをしていないと言って怒られる、と俺は慌てて三上のあとを追い、公園の隅《すみ》のほうの植え込みへと走った。

「おい、自力走行は……あ！」

植え込みを回り込んだ三上を捕まえようと俺も回り込む。と、そこには蛍光ピンクとブルーグリーンの物凄く派手な首輪をした柴犬が震えていた。

「ええと、太郎！　ちゃん？」

「くうん」

柴犬が力なく吠える。写真そっくりの首輪をしているところを見ると太郎に違いないだろう。

「迷子になったんだと。家に帰りたいと言ってるよ」

三上はそう言ったあと、太郎に向かって「ワンワン」と数回吠えた。それに太郎が答え、くうん、と俺を見上げてくる。

「家に帰してくれだと」

「わかった。見つかってよかったよ」

こんなに早いタイミングで、と喜びながら俺は、持っていたキャリーに太郎を入れ——なかなか入りたがらない太郎を説得してくれたのも三上だった——キャリーを片手に、もう片方の手で三上を抱き上げ、山田家に引き返したのだった。

「こんなに早く見つけてくれるなんて！」

美香子は文字どおり狂喜乱舞して太郎を迎えた。

「もう、太郎ちゃん、どうしていなくなったりしたのー！」

「散歩がしたかったそうですよ」

帰り道、三上が太郎に諸々《もろもろ》、聞き込みをしてくれていた。昨日一昨日《おととい》と天気が悪かったので、美香子は散歩をスキップしたそうである。それでストレスがたまっていたところ、窓が、そして門が開いているのが見えたので、つい、飛び出してしまったとのことだった。

当然、美香子は追ってきてくれると思っていたのだが、いかんせん、速く走りすぎてしまった。大好きな公園が見えてきて遊んでいたところ、方向感覚がなくなってしまい、公園から出られなくなったのだそうだ。

とはいえそこまで詳細を語る必要はあるまい、とそこで切り上げたあとに、太郎が日頃から抱いている不満を伝えてあげることにした。

「あと、太郎ちゃん、その首輪があまり気に入らないようです」

「え？　これが？」

美香子が驚いた顔になる。

「目がチカチカするのと、少し首回りがきついらしいです」

「まあ、そんなこともわかるのねー！」

幸い、美香子は俺の言葉をすぐさま信じてくれた。短時間で太郎を見つけ出したことで信頼感が芽生えたのだろう。

「すぐに替えるわ。太郎には常に心地よい状態で過ごしてほしいから」

「ワン」

飼い主の言葉を伝えてあげようとしたのか、三上が太郎に向かって吠える。にしても、結構な長文だと思うのだが、『ワン』ひと鳴きで全部伝えられてるんだろうか。今更の疑問を覚えていた俺の前で、太郎が「ワンワン」と鳴く。

嬉しそうな様子に見える、と三上を見やると、

「太郎、喜んでるよ。首輪が変わることと、飼い主が自分を愛していること」

と今の『ワンワン』を通訳してくれた。

報酬《ほうしゅう》は時給換算なので、今回は一時間未満のため少額ですむこととなった。着手金が五千円、時給も五千円なので一万円、最初に話を聞いた時間を含めても一時間もかかっていないので、割引しないとなと思っていたのに、美香子は俺に三万円を渡してくれた。

「多いですよ」

「いいの。本当に助かったから。本当にありがとう!」

俺の手を握り、感謝の気持ちをこれでもかというほど伝えてくる美香子を前に、彼女が

どれだけ太郎を愛しているかがひしひしと伝わってきて、なんだか温かな気持ちになった。

それでは遠慮なく、と、三万円を受け取り、山田家を辞す。門の前まで美香子だけでなく太郎も見送りに来てくれたのもまた嬉しかった、と、近くのパーキングに停《と》めていた車に乗り込むと、俺は改めて三上に礼を言った。

「お前のおかげだよ。本当にありがとう」

「なんだよ、改まって。俺は俺にできることをしたまでだよ」

三上は得意がることなく、そんな風に照れている。二年前もこんな感じだったな、と懐かしく思い出していた俺に、三上がしみじみと話しかけてきた。

「にしても、規定の料金の三倍もくれるなんて、あの奥さん、太郎のこと、本当に大切に思っているんだな」

「太郎も幸せだよな。愛されて」

「そうだなあ。愛犬家の愛は尊いよな」

そんなことを言っていた三上だが、事務所に戻るとそうも言っていられなくなった。

「マカロンちゃん！　どこ行ってたんでちゅかー！」

なんと、事務所の建物の前で、『愛犬家』には違いない三上の飼い主、若林が俺たちを——否《いな》、三上を待ち受けていたのだ。

「あ、あの……」

愛が重いと言われ、落ち込んで退場したのではなかったのか。立ち直りが早すぎだろう、と驚いていたのは俺だけではなかった。

「……おい、なんか引っ越し業者がいないか？」

「……え……？」

言われてみれば、建物前には引っ越しトラックが停まっているだけでなく、次々荷物が運び込まれているようである。

まさか。いや、でもどうして？

啞然として立ち尽くす俺の前に、若林がぬっと顔を突き出してくる。

「二階の事務所、俺が借りたから」

「はい⁉」

突然すぎて——そして意外すぎて、若林の発言の意味がストレートに頭に入ってこない。

「嫌とは言わんよなあ？」

凄む若林を前に俺は、この愛は尊いといえるのかと自問自答してしまっていたのだった。

4

驚くべきことに、若林はこのビルの二階が空室になっていることに気づき、賃貸契約を締結したというのである。

「どうやって⁉」

不動産屋から連絡はなかったが、と唖然としていた俺に若林が衝撃の答えを告げる。

「お前の叔父が滞在しているホテルに連絡を取った。事情を話した上で相場の倍出すと言ったら快諾してくれた」

「ど、どうやって⁇」

旅行中の叔父の居場所は、俺だって把握《はあく》しきれていない。向こうから連絡があってようやく、今はヴェネチアにいるのかとか、パリにいるのかとかわかるくらいなのに、とますます驚いていた俺に答えをくれたのは腕の中の三上だった。

「ヤクザの情報網は警察を上回るっていうから……」

「いや、それはそうだろうけど……」

と、三上に話しかけようとすると、またぬっと若林が顔を近づけてくる。

「マカロンちゃんと会話してるのか？」

「あ、はい。マカロンも驚いています」

さすがに『ヤクザの情報網』について話していたとは言えず、適当なことを言う。

「……俺が来て、嫌がっているか？」

と、若林が急に弱気な様子となり、小さな声で問うてきた。

「……諦めている」

三上の答えをそのまま伝えていいのかと、じっと彼を凝視している――サングラス越しではあるが熱い眼差《まなざ》しは伝わってきた――若林を見て考える。

「ここに越してくるのかって聞いてみてくれ」

三上が溜め息を漏らし――くうん、という可愛いもので、若林が一気に笑顔になった
――俺にそう頼む。わかった、と頷くと俺は、おそるおそる若林に問い掛けた。

「あの……このビルの二階に越してらっしゃるんですか？」

「マカロンちゃんが聞いてるのか？　お前が聞いてるのか？」

と、若林の顔から笑みが消え、今まで以上に殺伐《さつばつ》とした空気を纏いつつ、俺に問い返し

てくる。

「マ、マカロンです」

「越してきたいのはやまやまだが、このビルでは防犯に問題があるからな。俺の命《タマ》を狙っている連中が攻撃してきた場合マカロンちゃんを守りきれない」

「……はあ……」

守るのはマカロンだけというのは潔《いさぎよ》い。しかしそれならなぜ下のフロアの契約をしたのかと新たな疑問を覚えていた俺に、若林が早速答えを与えてくれた。

「マカロンちゃん用に借りたんだ。マカロンちゃんが普段使っているものや寝床なんかを持ってきた」

「…………え……⁇」

それだけのために？　会計事務所としては少々手狭だろうが、平米数は結構ある。なのにそこに置くのは三上の物のみ、ということなのか？

「マカロンちゃんから距離を置きたいと言われたときにはショックだった。だが、愛が重いと言われれば確かに重かったかもしれないと反省した。なのでひっそりと援助をすることにしたんだ。マカロンちゃんが俺を再び受け入れてくれるその日まで」

若林の熱弁を俺はただただ唖然として聞いていた。

「そういうところが重いんだけどなー」

三上がぼそりと呟いたが、さすがにこれは伝えられない、と聞こえないふりをする。

「勿論、俺も様子を見に来る。マカロンちゃんが嫌がらなければな。それを聞いてもらえるか？」

「ええと……」

若林の口調は丁寧だった。が、威圧感は半端ない。

「……勘弁してくれよ……」

ぼそ、とまた三上が呟く。が、そう答えたときの俺の危機を察してくれたようで、

「たまにならいい、と答えてくれ」

諦め顔でそう告げ、俺を見上げてきた。

「……たまになら、だそうです」

「『たま』って？　一日一回ならいいってことか？」

「毎日は『たま』ではないような……」

三上の答えを聞くより前につい突っ込んでしまったが、自覚があったのか若林が激高《げっこう》することはなかった。

「まさか週一とかは言わないよな？」

「月一でもいいんだけど、さすがに言えないよな……」

三上が天を仰ぐ。その顔も可愛いと思ったのは俺だけではないらしく、若林が、

「マカロンちゃん……」

と感極まった声で名を呼んでいた。

「……三日。それ以上は譲れない」

溜め息と共に三上が絞り出すような声でそう告げる。彼の表情は苦悶《くもん》に満ちていた。

「み……三日だそうです」

「三日か……二日にならないか？」

若林は粘ったが、三上は一声、

「ならん！」

と返した。多分若林の耳には厳し目の、

「ワン！」

と聞こえたのではないかと思う。さすがに三上の意図はそれで通じたらしく、

「ならないか……」

がっくりと肩を落とし、すごすごと退散していった。

「ドアの修理もしておいた」

去り際、若林が俺にそう告げたとおり、事務所のドアは直っていた。礼を言いに引き返そうかと一瞬思ったが、三上が、

「一休みしようぜ」

と疲れた顔で言ってきたので、休憩に入ることにした。

「腹減ったか？　お前、何を食うんだ？」

「今までドッグフードしか食べてこなかったからなあ……」

「ドッグフードか」

買ってくるか、と立ち上がろうとすると、

「ググってみたら？」

と三上が声をかけてきた。

「そうだな」

何を食べるのか。そして何を食べさせてはいけないのか。わからないのはそれだけじゃない。散歩の頻度とか、ああ、そうだ、トイレ。トイレも買ってこなければ、と考えていたのがまたわかったのか、

「トイレはお前と一緒で大丈夫だよ」

と声をかけてきた。

「落ちたら危ないだろう?」

遠慮することはない、と答えたそのとき、インターホンが鳴り響く。

「絶対若林だよ」

三上が嫌そうな顔になる。

「三日と言ったのに……」

「まあまあ。お前もあいつが嫌いってわけじゃないんだろう?」

あれだけの愛情を注がれているのだ。彼の振る舞いからして、三上の嫌がるようなことはしていないと思うのだが、と問うと、

「愛が重すぎて負担なんだよ」

という、彼には似合わない答えが返ってきて、思わず笑ってしまった。

「なんだよ」

「イケメン俳優が映画とかで言う台詞《せりふ》だぜ、それ」

「わかってるって。ああ、ほら、またドアを壊されないうちに出たほうがいい」

ピンポンピンポンポンとインターホンの連打が始まっていたことを指摘され、確かに、と俺はドアへと走った。

「はい」

「俺だ」

　予想どおり、外にいるのは若林だった。

「開けろ」

「……はあ……」

　まだ三日経っていませんが、と断る勇気は俺にはなかった。おそるおそるドアを開けたが、意外にも若林は中に入ろうとはしなかった。

「マカロンちゃんの部屋が仕上がった。これが鍵だ」

「……早いですね」

　驚きからついそう返してしまったが、若林は俺に鍵を押しつけるようにして渡すとそれ以上何も言わず立ち去っていった。

「？」

　よくわからないが、取り敢えず様子を見に行ってみるか、と、背後で心配そうに尻尾を振っていた三上を振り返る。

「二階、行ってみるか」

「なんだか怖い気もするけど、無視するほうが怖いよな」

　確かに三上の言葉どおりだ。しかしその前に、と俺は窓へと走り、下の道路を見やった。

「あれが若林の車か」

黒塗りのドイツ車がゆっくりとビルの前から走り去っていく。いつの間にか引っ越し業者のトラックもいなくなっていた。

「若林は帰ったようだな」

「三日後には来るってことだよな……」

やれやれ、と俺の足下までやってきていた三上が溜め息をつく。

「てっきり二階に住むのかと思っていた。思い留まってくれてよかったよ……」

「防犯がなっちゃいないってことだったよな。そんなに頻繁に命を狙われているのか？」

「今住んでるマンションは、確かにセキュリティがしっかりしてる上に、若林の組の人間が多数警備している。俺と散歩中に鉄砲玉が現れたこともあったが、とにかく奴は強い。人類滅亡の日が来たとしても唯一生き残るくらいには強いんだ」

「……そんな恐ろしい人間に溺愛されてるんだな、お前は……」

改めて考えると背筋が凍る。溺愛しているペットに、自分より懐いている相手がいることを、奴はいつまで許容してくれるだろう。

「……お前の身は俺が守るから……」

青ざめていた俺に、三上がおずおずと声をかけてくる。

「どうやって？」

「今のところは、俺の言葉をお前が理解していると信じてくれているようだから、そこを利用すればなんとか」

「……三日後には我慢してでも会ってくれよ？」

ヤクザは我慢がきかないものである。いくら俺が愛犬の言葉を理解すると信じていても、会えないとなるとストレスもたまるだろう。

会えない時間は愛を育てるという。って、昭和の歌謡曲を持ち出すまでもなく――亡くなった母親がファンだったのだ――育ってしまった愛が俺への憎しみに変じるであろうことは軽く推察できた。

「いっそ、打ち明けるか？　お前が俺の親友で同僚だった刑事の生まれ変わりだって」

「うーん、そうなると今度は俺の身が危《あや》ういかも」

名案だと思ったのだが、三上は首を横に振った。

「あ、そうか。ヤクザは警察嫌いだもんな」

「それだけじゃなく、中身が三十目前の男だと知ったら、愛が憎しみに変わりそうな気がするんだよ」

「……ああ……」

確かにそれはある。頷いたあと、二人の間に沈黙が流れた。

「と、とにかく、二階に行ってみようぜ。ドッグフードもあるんじゃないかと思うし。ああ、あとリードとかも」

「そ、そうだな」

一応若林問題は先送りにすることにし、俺は三上を抱いて階段を下りた。

「なんじゃこりゃ」

今まで、二階のドアは、磨りガラスが嵌《は》まっていたところに会計事務所の名が記されているだけという、とても高級とはいえないものだった。が、今、目の前にあるドアは、頑丈かつ重厚な雰囲気の黒い鉄製で——チタンかもしれない——たとえ銃撃されてもドアが防いでくれそうである。

しかし驚いたのは、ドアが立派になったからではなかった。そのドアの正面にでかでかと飾られている金ぴかの表札に、俺と三上は絶句したのだった。

『Macaron Chocolate Wakabayashi』

「マカロンチョコレート……若林？」

「チョコレートは俺のミドルネームだ。色からだろう」

三上が溜め息交じりにそう言い、俺を見上げる。

「愛が重いだろう？」

「お前の名字、若林ってことは、あの若林がパパなのか……」

「パパ……」

三上が遠い目になっている。犬の遠い目なんて、珍しいのかもしれないが、気持ちはわかるだけにスルーしてやることにした。

「とにかく入ってみよう」

会計事務所が出ていったあと、一度クリーニングを頼んだが、とにかく建物が古いこともあって、とても綺麗《きれい》とはいえない仕上がりだった。

何もなくがらんとした部屋がどうなったのか。まあ、三上のものを持ち込んだだけということだったから、と、鍵を開け、ドアを開いた俺は再び、

「なんじゃこりゃ――!?」

と奇声を上げてしまったのだった。

「……加減ってものを知らないんだよ、若林は……」

三上がまた、遠い目になっている。

室内はなんというか――すべてが『可愛らしい』そして『高級そう』という雰囲気に満ちていた。

あの短時間にどうやってここまで仕上げたのか。カーテンは勿論、壁紙も絨毯《じゅうたん》も、すべて白とピンクと金基調に取り替えてある上、高級そうなソファやら八十インチはありそうなテレビやら、オーディオセットやらが並び、その隣には大理石のダイニングテーブルが置いてあった。

簡易式のキッチンには大きな冷蔵庫が置かれているだけでなく、やはり高級そうなキッチン家電がずらりと並んでいる。

「……お前の……部屋？」

「……よかったな、お前もここで寝泊まりできるよ」

ダイニングテーブルの奥には大きなベッドも置かれていた。横にある可愛らしいフリフリがついたベッドが三上のものなのだろう。

「あ、トイレもあるな。それにリードも。ペットフードもキッチンにあるかな？」

ベッドの近くに犬用のトイレがあり、リードはベッドの上に置かれていた。

ここまで揃っているということは、と三上の言葉に従いキッチンに戻ると、収納棚にはありとあらゆる種類のドッグフードが並んでいた。今食べているのが気に入らないと言ったからだろう。

「なんか……アレ思い出した。小公女セーラ」

「インドの水夫さんだよな……」

　セーラが屋根裏部屋に帰ると、信じられないような飾り付けがしてあり美味しそうなご飯も並んでいた、というアレだ。三上も同じだったようで、溜め息を漏らしたあと、俺を見やった。

「俺はセーラか」

「……まあ、よかったじゃないか。取り敢えず今、食べるものはありそうだ」

　給水器もあるし、と、俺はまず、三上の食事の準備を始めた。

「どれがいい？」

「このウェットがいいな。ＣＭで見て美味《うま》そうだと思ってたんだ」

「テレビも観《み》ていたのか」

「ああ。若林と一緒にな」

　昨日まではほぼ若林と共に過ごしていた、と告げたときの三上はまた、あの遠い目をしていた。

「一時も離してくれなくてさ……」

「愛が……重いな、確かに」

　同情しつつも、そもそもどうして若林は三上を——ではなく、マカロンを飼うことになったのかと、それを聞いてみる。

「その辺はわからないんだよなー。俺の前に犬を飼っていたという感じでもなかったし……」

「出会いは？」

「あまり覚えてないけど、ペットショップだと思う」

「お前に一目惚れしたのかも？」

「うーん、そうなのかねえ？」

首を傾げていた三上だが、ドッグフードを彼の皿と思しきブランドものの皿に入れてやると、美味しそうに食べ始めた。

こんな姿を見ると、やはり犬なのだなと当たり前のことを思い知る。中身は三上に違いないのだが、外見は犬。犬の二歳というと人間で言うといくつなのかと、持っていたスマホでググって答えを見つけた。

「二十四歳か」

「ああ、人間でいうと何歳かってやつだな」

耳ざとく聞きつけた三上が皿から顔を上げ、ニッと笑う。

「因《ちな》みに寿命は十五歳くらいらしい」

「あと十三年⁉」

それは——短い、と俺はなんともいえない気持ちで三上を見やった。

「まあ長いと感じるか短いと感じるかは本人……じゃない、本犬次第なんじゃないのかな」

首を傾げつつ三上が答える。

「人間より早く老化するんだから、十五歳はもうよぼよぼってことじゃないかと思うんだよな。まあ、なったことないからよくわからないけど」

「……そうか。早く歳《とし》を取るとなるとそうなるのか……」

納得したかと言われればそうでもなかったが、またも俺は、今の三上は犬だということを実感したのだった。

「犬も不便なんだよなー。色々NGがあるらしいんだよ。タマネギがダメとかニラがダメとか。試したことないけど多分、煙草《たばこ》もダメだろうな」

「それは……つらいな」

三上も俺も愛煙家だ。今どきの風潮に逆らいまくっているが、多少のストレス解消になるのである。まあ、喫煙所に行くと言ってサボる理由にしていたこともあるけれど。

「酒は？」

「飲んだことないけど多分ダメだろ。ググったら、鳥のささみとか、フルーツとか、可愛らしいものならオッケーっぽかった。ドッグフード以外は」

「昔はご飯に味噌《みそ》汁かけて犬にやってたんじゃなかったか？」

そんな話を遠い昔、母親に聞いたような気がする。母は子供の頃犬を飼っていたが、逃げられてしまったそうだ。食生活に不満があったから――ではないと思いたい。

「基本的に庭で飼ってたのが、今はほぼ室内だもんな。時代は変わったってことだよ」

うんうん、と三上は頷いたが、やがて、

「おっと！　お前と話しているとどうも話題があちこちいっちまうけど、まだ俺、お前に会いに来た理由、ちゃんと説明できてないよな？」

と俺に身を乗り出してきた。

「復讐のためだろう？」

そう聞いたが、と問い返すと、

「具体的な話はしてなかっただろう？」

と三上が口を尖《とが》らせる。犬の顔でやられると破壊的に可愛い……って、俺もそのうち若林並みに三上を溺愛してしまうかもしれない。

「気持ち悪いこと考えないように」

何も言わずとも表情でわかったのか、三上が気味悪そうにそう言ったあと、

「だから！　また話が逸《そ》れた！」

と厳し目の声を出す。

「わかった。もう邪魔しない。お前の復讐について教えてくれ」

俺がそう言うと三上は「ホントかな」と訝りつつも、咳払《せき》い――これもまた可愛かった――をしたあと、改めて俺へと向き直り、話し始めた。

「俺が死ぬ前に追っていた事件、覚えているか？」

「ああ、暴力団絡みだったな」

「うん、覚醒剤取引の摘発だった。刑事二課に駆り出されたんだ」

覚えている。あの当時、一課は比較的手が空いていたが、二課が暴力団絡みの事件が頻発するおかげでてんやわんや状態で、それで三上が貸し出されたのだった。

その後すぐ、一課もてんやわんや状態になるのだが、それはさておき、と俺は三上に問い掛けた。

「なんでお前が殺されることになったんだ？　普通に考えれば口封じなんだろうが……」

「まさにその口封じなんだが、残念ながら俺自身、何を摑んだのかわからないんだよ」

三上が言葉どおり残念そうに項垂《うなだ》れる。

「記憶がないと、そういうことか？」

犬に転生したことで、人間だった頃の記憶が多少は失われたのか、と聞いた俺に、三上がふるふると首を横に振る。

「そうじゃなくて……全部覚えているけど、何が原因か、本当にさっぱりわからないんだ」

「……え？」

ちょっと意味がわからないんだが。頭の中がクエスチョンマークだらけになっていると、三上が少し恥ずかしそうに解説してくれた。

「……つまり、俺は奴らにとってマズいものを探り当てたらしいんだが、それが何なのかがわからないんだ」

「……整理させてくれ」

となると、口封じではない可能性があるのでは、とまずはそこを確かめる。

「もしかして、本当に通りすがりのチンピラに因縁《いんねん》つけられて殺された可能性もあるってことか？」

「それはない。だって因縁つけられてないし」

「いきなり撃たれた？」

「そうだ。明らかに俺を狙っていた。前から歩いてきたチンピラがいきなり銃を抜いて俺を撃ったんだ。まったく知らない男だった」

「顔、覚えてるか？」

自首してきた男だろうか。確か特徴は、と思い出していると、三上もまた首を傾げ考える顔になった。

愛らしい。

見惚れそうになり、慌てて自分を取り戻す。その間に三上は記憶を辿ったようで、ぽつぽつと話し出した。

「……身長は俺と同じくらい、痩《や》せてて髪型はオールバック、左目の下にちょっと目立つ傷があったかな。髭はなし」

「……自首してきた奴に間違いないみたいだな」

俺の記憶でもそんなビジュアルの男だった。にしても、と俺はつい、三上をまじまじと見てしまった。

「なんだよ」

「お前、死に損じゃないか？」

死に損、と言い方はともかく、死ぬ必要がないのに殺されたのだ。それはあまりに――憐《あわ》れだった。

「死に損……まあ、そうだよな。それだけに悔しいんだよ。なぜ殺されたのかもわからず死ぬことになって」

　三上が押し殺したような声でそう言い、俯《うつむ》く。

「……そうだな」

「それに、俺が死んだあとの対応も変だったんだよな？　結局覚醒剤取引は摘発されたのか？　俺が探っていた暴力団は未だに勢力を持っているようだから、多分されなかったんだろう？」

「ああ。お前の死は通りすがりのチンピラに因縁をつけられたから、で終わった。俺たちがどう掛け合ってもダメだった。西田のおやっさんも声はあげてくれたんだが、最後には諦めろと俺たちを説得にかかった」

「おやっさん、いい人なんだけど日和見《ひよりみ》なんだよな。まあ、子供が五人もいちゃ、警察辞めるわけにもいかないんだろうが」

「それはそれ、とは思うが、まあ、おやっさんの立場になってみれば仕方ないか」

　二人して顔を見合わせ、溜め息をついたが、すぐ、三上は顔を上げ、今までよりは少し張った声で話し出した。

「俺の死に関して、なんらかの力が働いたのは間違いないんだ。警察に圧力をかけたのは誰なのか、それを探りたい。多分そいつは俺が調べていた百虎《びゃっこ》会との関わりがあるに違いない。それを一緒に捜査してもらえないだろうか」

　三上はここまで一気に言うと、俺の返事を待たず、

「でも！」

　と一段と高い声を上げた。

「もうお前は警察を辞めているし、俺が殺されたことからもわかるように命の危険を伴う可能性が物凄く高い。だから勿論、断ってくれてもかまわない」

　犬になってもわかる。今、三上は思い詰めた表情となっていた。

「断るわけないだろうがっ」

　聞いていられず、俺は思わず叫んだ。

「……カイ……」

　三上が呆然とした声を出す。

「勢いで警察辞めたことを俺がどれだけ後悔したと思ってるんだ。お前の死を調べるためには辞めるべきじゃなかった。一般人になった俺にはなんの術もない。しかもお前がしていた捜査の内容を知る術もなくなってしまった。なのにせっかく訪れたチャンスを、俺が断ると思うか？　それに……っ」

　そもそも、と俺はぼうっとした顔になっている三上を睨んだ。

「断られると思ってるなら、なんで俺のところにやってきたんだよ。期待してたんだろ？断ってくれていいとか、無理すんなっ」

「……バレたか」

三上はふざけた口調でそう告げたが、声は涙に震えているようだった。

「親友だろうがよ」

バレないと思ったか、と言い返す俺の胸にも熱いものが込み上げてくる。

「もう、泣かせんなっ」

言いながら三上が俺に飛びついてきた。

「おっと」

抱き留め、顔を見下ろすと、三上の目が潤んでいる。

「ありがとう、カイ」

「礼なんて言うな。俺こそ言いたいよ。訪ねてきてくれてありがとう。一緒にお前を殺した本当の犯人を捕まえようぜ」

つぶらな瞳を見下ろし、己の胸に燃えさかる決意を告げる。

「おう！　あのとき逮捕できなかった奴らを全員、逮捕してやる！」

力強く吠えた三上に、いつものように突っ込んでやる。

「俺たち警察辞めてるから逮捕はできんぞ」

「ここで水を差すなよっ」

文句を言いながらも三上は笑っていた。俺も彼に笑い返す。

今日何度も感じたことだが、こうしたやり取りをまたできるようになって心の底から嬉しい。その思いは三上も同じようで、

「俺、生まれ変わって本当によかったよ」

としみじみとそう言い、俺を見上げてきたのだった。

互いの意志も確認できたことだし、まずは当時、三上がかかわっていた事件について整理をすることにした。

5

三上が捜査していたのは百虎会、二年前は中堅どころの規模の団体だったが、今は関東でも有数の組織となっている。

「覚醒剤取引で財を成したんだよ」

三上が憤った声を上げる。

「チャイナマフィアから覚醒剤を大々的に輸入する取引が成立したんだと思う。二課はその摘発を狙ってたんだ」

「俺の知る限り、摘発されたという報道はなかった……百虎会の勢力が増しているということは、未だに取引は続いているんだろうな」

うーん、とインターネットで検索しつつ、俺は唸《うな》った。

「どれだけの人間に覚醒剤被害が広がっているかと思うと胸が痛いよ」

くうん、と三上が項垂れる。

「お前はどっちを捜査していたんだ？　チャイナマフィアか？　百虎会か？」

「百虎会の幹部の一人、梨田《なしだ》という若頭補佐だ。幹部の中でも組長の遠山《とおやま》に一番気に入られていた。覚醒剤取引の仕切りも彼が行っているとされていたが、尻尾を摑めなかったんだよな」

残念そうにそう言う三上に、当時を思い出してもらうべく、俺はあれこれ質問を始めた。

「尾行したのか？　彼を。一日中？」

「ああ、ほぼ一日中。サウナも一緒に入った。勿論気づかれないようにな。焦ったんだけどそこ、ただのサウナじゃなくてハッテン場だったんだ」

「ハッテン場……え……？」

確かそれは、ゲイの人たちが出会いを求める場のことではなかったか。サウナといえば裸の付き合い。三上は結構イケメンだったし、貞操の危機があったりして、と青ざめた俺を見て、三上が笑う。

「安心しろ。何もなかったよ」

「びっくりしたぜ。あ、ということは、梨田はゲイだったのか？」

ハッテン場に行くくらいなら、と聞くと、三上は、

「いやあ？」

と首を傾げた。

「俺も最初はぎょっとしたんだが、見ているとどうも彼はそこを情報交換の場としているようだったんだ。誰かとしけ込むこともなかったしな」

「なるほど。たしかに隠れ蓑《みの》にはなるよな。そういう目的の人間しか近寄らないという先入観もあるし」

頷いたあと、俺の頭に閃きが走った。

「そのハッテン場で誰かを見かけたんじゃないか？」

「そこは考えた。が、特に思いつかないんだよな……」

「そうか……」

そうそううまくはいかないか、と落胆するも、そもそも三上は自分が何を見たかという自覚がないので、聞いたところで無駄だったか、と察する。

ということは、と俺は、己の考えを告げた。

「向こうは三上を知っているが、三上は相手を知らない……だから気づかなかったということじゃないのか？」

「対象が『人』ならそうだろう。でも『物』という可能性もあるんじゃないかと思ってさ」

「ああ、確かに」

それはあるな、と頷いたものの、自分が体験したわけでもないので、具体的に『何』『誰』を探ればいいのか、皆目見当がつかない。

「梨田について調べてみるか」

「今は若頭だと思う。ネットの裏掲示板情報だから信憑性はわからないけど」

犬の姿になっていても、俺よりITリテラシーは高いようだ。若林が寝ている間にパソコンを弄《いじ》っていたということだったが、もし目が覚めたら『可愛いでちゅねー』で果たしてすんだのだろうか、と他人事《ひとごと》ながら背筋が凍る。

「あ、そうだ」

その若林に聞くというのはどうだろう。極道同士、繋がりがあったりしないだろうか、と思いつくも、それを若林にどう頼むかだよな、と俺は思いつきを口にするのを躊躇った。

「若林に聞けっていうんだろ？　でもさすがに無理あるよな。なんで愛犬がヤクザの情報知りたいのかって」

「……恨みがあるとかは？」

そうだ、と一つ思いつき、提案する。

「恨み？　俺にはあるけど」

「嘘の恨みだよ。マカロンは前世もトイプードルで、百虎会の梨田に殺された、とか」

「……うーん。下手《へた》すると梨田を殺しに行きかねないかも……」

「……なるほど」

そっちはダメか、と諦め、また大金を投じてミトモに頼むことを考えたとき、スマホが着信に震えた。

「お、ちょうどいい」

ミトモが若林の情報を仕入れてくれたらしい。スピーカーホンにして内容を三上にも知らせてやることにした。

「ありがとう、早いな」

『アタシを誰だと思ってるのよ。てか若林、早速あんたの事務所の下を借りたそうじゃない。大丈夫なの？　殺されない？』

「ほんとに早いなっ」

情報が早すぎる、さすが新宿のヌシ、と俺は心の底からの称賛の言葉をミトモに告げた。

「さすがだよ。ほんと、驚いた」

『驚いたじゃないわよ。こっちよ、驚いたのは。一体どういうこと？　あんた、若林となんかあったの？」

ミトモが珍しく心配そうな声で問うてくる。

「いやあ、それが、前に調査を頼んだ彼の犬のマカロンがまたウチに戻ってきてしまってさ。すっかりここが気に入ってしまったんだよね」

嘘ではない。まあ理由は『気に入った』からではないのだが。

生活レベルで言えばウチより断然、若林の家のほうがよかったに違いない。しかしそんなことはミトモに説明する必要がないので、と話を進めようとする。

「マカロンがここにいるのなら、と下の階をマカロンの部屋として借りたんだ」

『……にわかには信じがたいけど、本当に若林は荷物を運び入れてたし、事実なんでしょうね』

やれやれ、というようにミトモが溜め息をついたあとに調査結果を話し出す。

『そのマカロンをペットショップで購入したあと、若林の生活が一変したと噂になってるわ。夜型人間が朝型になって、早朝から散歩に勤《いそ》しんでいるって。護衛が五人ついてるし。とはいえ、一応配慮しているのか時間は朝の五時前だそうだけど』

「朝五時！」

ヤクザが朝の五時から愛犬の散歩。健康的すぎてまったくそぐわない。それだけ愛が深いってことなんだろう。

「俺は夜型なんだよ……」

横で三上が力ない声を出す。つらかったんだなと察し同情していると、ミトモが再び話し出した。

『とはいえ、そのくらいしかわからないのよね。マカロンの出自やきょうだい構成が知りたいってわけでもないんでしょう？　ブリーダーは一応調べてあるけど』

「ありがとう。出自は別にいいかな。実は他に調べてほしいことができたんだよ。これから行ってもいいか？」

『追加依頼ね。こっちはいいけど、大丈夫なの？　あんたの事務所、左前じゃない』

痛いところをついてくる。

「支払いはちゃんとするよ」

『なら問題ないわ。待ってるわよ』

明るくそう言い、ミトモが電話を切る。

「お前が懇意《こんい》にしていた情報屋か。まだ付き合いあるんだな」

三上が感心した声を出す。一度、三上も連れて店に行ったことがあったが、三上はミトモを頼らなかった。他に情報屋を持っていたからである。

「そういやお前も情報屋との付き合い、あったよな」

普段は浮浪者のなりをしている老人だったと記憶している。軽い気持ちで聞いたのだが、帰ってきた答えに愕然となった。

「……彼も死んだ。俺のせいかも……」

「ええ？　マジか？」

聞いたあと、はっとし、聞き返す。

「悪い。マジに決まってるよな。しかし本当に？　いつ？　殺されたのか？」

「……俺が死んだ日の朝、彼の浮浪者仲間に聞いたんだよ。死んでたって。撲殺だったそうだ」

「撲殺……」

通りすがりの犯行ということもあろうが、それにしても、と愕然としたままでいた俺の耳に、三上の沈痛な声が届く。

「それで呆然としていたところに、俺も撃たれて、もしやじいさんの死には俺が関係しているのかもと思ったんだ。じいさんには梨田について調べてもらっていたから」

「お前は銃殺だが、うーん……」

どうなのだろう。結論は出せない、と唸ったが、その辺もミトモに聞いてみよう、と気

持ち を切り換えた。

　三上にリードをつけ、出掛けることにする。

「服も着るか？」

　ブランド物の可愛いデザインのものがわんさかあったので一応聞いてみたのだが、三上は首を横に振った。

「裸が一番なんだよ……フリルは特に……邪魔なんだ」

「……わかった」

　見た目は可愛くなるが、本人が嫌がるのなら仕方がない。多分、個体差はあるんだろうなと思いつつ出掛けようとすると、エチケット袋や水のペットボトルを用意しろと指導された。

「色々勉強になる」

　犬を飼ったことがないから、指摘してもらえないとわからない。三上だから口がきけるが、他の犬では意思の疎通が図れないからミスもたくさんしそうである。

　三上に甘えきるのもなんなので、自分でもネットで調べることにしようと心に決め、俺は三上を連れて新宿へと向かった。

　近くのコインパーキングに車を駐《と》め、三上を抱いてミトモの店『three friends』へと向かう。カランカランとカウベルを鳴らしながらドアを開くと、カウンターの内側から眠そうなミトモが迎えてくれた。

「いらっしゃ……きゃあ！」

物憂《ものう》げに挨拶《あいさつ》をした彼が、いきなり黄色い声を上げる。

「いやーん、マカロンちゃんね？　かわいいじゃない！　ちょっと、アタシにも抱かせて！」

三上を見る彼の瞳はわかりやすいハート型になっていた。

「行ってやれ」

「……依頼料を抑えるためなら……」

溜め息交じりにそう言う三上をミトモに渡す。

「きゃー。かわいいー！　ミトモでちゅよー。ママって呼んでくれてもいいのよー」

「パパだろ？」

つい突っ込むと、ミトモの逆鱗に触れた。

「おねえさん、くらいのことは言いなさいよ！」

「失礼しました……」

「俺が頑張って媚び売ってるのに、お前が失言してどうするよ」

三上も呆れた声を上げつつ、ミトモに向かって、くうん、と可愛く鳴いている。

「もうもう、マカロンちゃん、だっけ？　かわいいー！　ウチの子にならない？」

三上はミトモのハートをも射止めてしまった。あの殺人的な可愛らしさは、俺のハートも射止めているといっても過言ではないのだが、中身が三上と思うから頬摺りなどはしないでいられるのだ。

されるほうの気持ちはどうなのかと三上を見ると、少々つらそうに見えたのでミトモを我に返らせてやることにした。

「若林に殺されるぞ」

「ああ、溺愛されてるんだったわね。でも気持ちわかるわー。こんなに可愛いんだもん」

残念そうに三上を返してくれながらも、未練がましく見つめていたミトモに俺は、新たな依頼を持ちかけることにした。

「依頼の件なんだが、百虎会の梨田について調べてほしいんだ」

「……あんたは次から次へと、命知らずの依頼をしてくるわねえ」

やれやれ、というようにミトモが呆れた溜め息をついてみせる。

「梨田もヤバイのか？　若林レベル？」

「若林のほうがレベルはちょい上かな。でも腹黒さとついているバックがピカイチよ」

「バック？」

なんだ？　と聞くとミトモが目の前に掌《てのひら》を差し出す。

「あ、金だな。いくらだ？」

「話を聞くだけなら二万でいいわ。新たに調査が発生するようなら上乗せする」

どうする？　とミトモが俺の目を覗き込んでくる。と、三上が俺の腕から飛び出したかと思うと、トコトコとカウンター上を歩き、ミトモの胸に飛び込んだ。

「やだあ、マカロンちゃん、おねえさんのほうがいいのねー」

「おねえさん……」

いつの間にかママから若返っている、と呆れたが、三上に睨まれそれ以上口にするのはやめにした。

「と、とにかく話を聞かせてくれ。依頼するかはそのあと決めるし、たとえしなくてもちゃんと金は払うから」

「えー」

ミトモは一瞬顔を顰《しか》めたが、三上が、くうん、くうん、と彼の胸に顔を埋めるとまたデレデレ状態となった。

「仕方ないわねえ」

本当に三上、お前のそのビジュアルは使える。最強だ。心から感謝しつつ俺はミトモの話に耳を傾けた。

「チャイナマフィアよ。百虎会の勢力が増したのは覚醒剤取引が理由なんだけど、チャイナマフィアからのルートを作ったのが彼なのよ」

「もしや二年前？」

問い掛ける声に緊張が滲《にじ》みそうになる。三上もまた神妙な顔をし、ミトモの腕の中でじっとしていた。

「そう」

頷いたミトモが、何かを思い出そうとする顔になる。

「ああ、あんたの同僚が追ってたわね、その件。亡くなった……なんていったかしら。ウチにも一回来てるわよね」

「さすがの記憶力」

感心したのは三上だったが、ミトモの耳には『くうん』という可愛い鳴き声に聞こえたようで、すっかり相好を崩している。

「三上だ」

「三上君。そうそう。イケメンだったわよね。井上《いのうえ》のじいさんに義理立てして、アタシを使わなかったのよね。イイ子だったのに本当に残念」

「井上のじいさんというのは情報屋だ」

　わかっていると思うけど、と三上が俺に伝えてくる。

「その情報屋も同じ日に死んだというが、もしや関係があるか？　三上は梨田についての調査を依頼していたそうだが」

「あー、そういうこと」

　ミトモが頷く。

「どういうこと？」

「井上のじいさんを殺したのが百虎会らしいという噂は聞いていたから。覚醒剤取引の直前に周辺を嗅《か》ぎ回られたくなかったんでしょうね」

「……やっぱり俺のせいだったか……」

　三上が落ち込んだ声を出し、項垂れる。

「どうしたの？　マカロンちゃん、おねえさんになんでも言って？」

　ミトモの目にも三上が元気をなくしたように見えたらしく、慌てて顔を覗き込んでいる。

　三上の死もまた、梨田に関することなのだろう。とはいえ梨田をマークしているというだけで警察官である三上を殺す理由になるだろうか。

チャイナマフィアとの関わりを隠したかった？　それで三上を殺したのか？

「井上のじいさんは、梨田とチャイナマフィアの繋がりを知って殺されたってことか？」

三上と同じく、と、ミトモに聞くと、犬の三上に気持ちが持っていかれている彼は面倒くさそうにしながらも答えてくれた。

「梨田とチャイナマフィアの繋がりは派手に交流してたから、結構皆が知っていたはずよ。チャイナマフィアに女を紹介して取り入ったのよね、確か」

「取引の日時とかかな、それなら」

口封じの目的として、と聞くと、

「井上のじいさんにそれは無理じゃないかしらねえ」

とミトモが首を傾げる。

「情報源はかなりの数、持ってたけど暴力団関連にはちょっと疎《うと》かったのよね。得意分野は指名手配犯の隠れ場所。あっという間に捜し当ててたわ。警察もかなり、世話になったんじゃない？」

「なった。本当にありがたかった」

三上がぼそりと言葉を告げる。世話になった情報屋を死なせてしまったことへの罪悪感からはまだ逃れられていないようで、相変わらず彼は俯いていた。

「もう、本当にどうしたの？　何が悲しいの？　マカロンちゃん？」

ミトモがおろおろした声を上げたそのとき、カウベルが千切れんばかりに振られるカランカランカランという轟音《ごうおん》の直後、開いたドアから聞き覚えのある怒声が店内に響き渡った。

「おい、お前たち、マカロンに何をした？」

「……っ」

その声は、とぎょっとして振り返る間もなく、物凄い勢いで近づいてきた若林が、ミトモの腕から三上を奪い取る。

「マカロンちゃん、大丈夫でちゅか？　何をされたんでちゅか？　許せませんね？」

「……嘘じゃなかったのね、赤ちゃん言葉……」

さすがミトモ、若林を見ても驚いてはいたが臆することはなかったらしく、ぼそ、と呟き、俺を見る。

「……嘘つくわけないだろ」

俺はといえば、すっかり我を忘れている様子の若林が、いつ銃を抜くか、気が気ではなく彼の動向から目を離せずにいた。

「てめえら」

地を這《は》うような若林の声。サングラス越しにも彼が俺に、そしてミトモに殺気の溢《あふ》れる目線を送っているのがわかる。

「ご、誤解です。みか……じゃない、マカロンちゃん、なんか言ってくれ！」

この状況を打破する言葉を告げてくれ、と三上を見たが、三上は未だ落ち込んでいるらしく、ふるふると首を横に振っている。

「み……マカロンちゃん！」

気持ちはわかるが俺たちの命が危うい。適当言うわけにはいかんのだ。多分、若林は見抜くに違いないから、と必死に訴えかけると、ようやく三上も状況を把握したらしく、

「ええと」

と考え始めた。が、

「どうしよう？」

と逆に相談されてしまう。

「情報屋のミトモだな」

その間に若林は、ターゲットをミトモに変えていた。申し訳ない、とおそるおそるミトモへと視線を向ける。

「龍鬼組若頭の若林さん。なにかしら？」

「マカロンちゃんに何をした」

　ドスのきいた声で尋《たず》ねる若林は、その辺の猛者《もさ》でも小便をちびりそうなくらい恐ろしいが、ミトモはやはり臆していなかった。

「俺とマカロンちゃんのことも嗅ぎ回ってたそうじゃないか」

「依頼があったからね」

　そう言うとミトモは、ちらと俺を見た。依頼主はこいつ、と目で示したとわかる。まあ、当然なので彼を恨む気持ちはなかった。

「依頼したのは最初にいらしたときです。もう調べてもらう必要がなくなったので、それを伝えにきたんです」

　嘘ではない。新たな依頼についてまでは説明する必要はないだろう。それに筋も通っているし、と心の中で自分に、大丈夫だと言い聞かせていた俺だったが、相変わらず凶悪な表情のまま若林が告げた言葉を聞いて、驚きの声を上げてしまったのだった。

「ならなぜ、マカロンちゃんが悲しげになったんだ？　百虎会の覚醒剤取引やら、二年前に殺された情報屋の話やら、まだ俺に隠していることがあるだろうが」

「き、聞いてたんですか⁉」

　外で？　と確かめかけ、違う、と答えを見つける。

「盗聴器⁉　あ！　マカロンの身体に？」

「なんですって⁉」

さすがにミトモも驚いたらしく、彼もまた大きな声を上げていた。

「身体のわけがないだろうが！」

「なら首輪……？」

そういえば首輪にはGPSを仕込んでいると言っていた。こんな細い首輪に盗聴器まで仕込めるとはハイテクだと素で感心しそうになり、そんな場合じゃなかった、と青ざめる。となると彼は今の会話を一から十まで聞いていたということだ。新たな依頼内容も聞かれてしまった。

「…………」

あ、別にそれは気にしなくていいのか。今、気にするべきは、と俺は若林の腕の中の三上を見やった。三上が頷き、若林を見上げて、くうん、と鳴く。

「マカロンちゃん！　どうちたんでちゅかー」

「くうん。くうん」

三上は可愛い子ぶってそう鳴いたあと、タッと後ろ足で若林の胸を蹴り、真っ直ぐに俺へと向かってきた。

「おい――」

俺に死ねと言うのか、と拒否しようとした俺に飛びつきながら、

「いいから抱け！」

と命令してくる。

「貴様……」

ほら、やっぱり殺されるじゃないか、と悪鬼のごとき表情となった若林が向かってくるのを避けるにも既《すで》に退路は断たれている。

「三日って言え！」

立ち尽くすだけだった俺の耳に、三上の声が響いた。

「み、三日！」

言われたとおりに叫ぶと、若林の動きがぴたりと止まった。

「……あ……」

「え？」

みるみるうちに顔色を失っていく若林を前に、なんで？　と疑問を覚えていた俺だが、すぐ、次に会うのは三日後、とマカロンが若林に告げたという事実を思い出した。

「まだ数時間しか経ってないけど？　って言え」

「……まだ数時間しか経ってないとマカロンちゃんが言ってます……」

これ、言って大丈夫なやつか？　と恐れながらも俺は、おそるおそる若林にそう告げ、様子を窺《うかが》った。

「…………マカロンちゃん……」

「嫌いになるって言え」

ますます命の危機ではと恐れつつ、

「嫌いになるそうです」

と告げると、若林の表情がより、絶望的になる。

「違うんでちゅ。マカロンちゃんが悲しがっているとわかったから、何があったのか心配になって様子を見にきただけなんでちゅよ……と伝えろ」

最早若林は冷静さを欠いていた。おろおろしつつ俺に赤ちゃん言葉を伝えろと言ってくる。こんなときなのに笑っちゃうじゃないか、と必死で堪え、三上を見る。

「大丈夫だから三日後に来てほしいと言えばいい」

三上が、やれやれ、という顔になりそう告げる。

「自分は大丈夫なので、三日後に会いましょう、だそうです」

「優しい言葉に直す必要はないんだが」

三上は文句を言ったが、若林は救われた表情となっていた。

「わかりまちた！　三日後にまた来まちゅね！」

あからさまに安堵《あんど》した顔になった若林は、そう言うと入ってきたときと同じく物凄い勢いで店を出ていった。

カランカランカランカランと喧《やかま》しくカウベルの音が鳴り響く。

「……なにあれ」

ミトモは呆れたように彼の出ていったドアを見ていたが、すぐ、俺へと視線を向け問い掛けてきた。

「なによ、あんた。犬の通訳してるの？　勿論演技でしょ？」

「演技のわけがあるか！」

ミトモを誤魔化《ごまか》すには『演技』と言うべきなのだが、三上の首輪には盗聴器が仕込んである。

俺は首輪を指さしつつ、ミトモにそう言いじろりと睨んだ。ミトモはすぐに察したらしく、あ、そうだった、という顔になったあと、

「本当に犬の言葉がわかるんだ、凄いわねえ」

と話を合わせてくれた。

「にしても本当に愛されてるわね、マカロンちゃん。ウチの子にはなれないわねえ」

そして若林に媚びたことを言いつつ、手元の伝票に何かを書いて俺に突き出す。

『犬を置いてから来て。お代はそのときでいいわ』

「…………」

わかった、と頷くと俺は、

「それじゃ、またな」

とわざとらしくなく挨拶をし、三上を抱いて店を出ようとした。

「あ、そうだ」

ドアまで行ったところでミトモが何か思い出したような声を出したため、彼を振り返る。

「どうした？」

「井上のじいさんのことで追加があるの。情報屋人生、相当長かったから、彼を使ってた警察関係者もかなりいたはずよ。それこそ、今の本庁の幹部クラスにも」

「ありがとう。警察にも顔がきいたと、そういうことだな」

礼を言い、店を出る。

「そういや井上のじいさん、よく自慢してたよ。あの刑事部長は俺が偉くしてやったようなもんだとかなんとか」

三上はまた情報屋のことを思い出したようで、元気をなくしてしまった。

「……取り敢えず、な？」

首輪を外したらどうなるかわからないものの、盗聴器がついているとわかれば何も喋れなくなる。

待てよ？　俺と三上の会話も筒抜けだったと、そういうことか？　青ざめたがすぐ、三上が首を横に振り、意外なことを告げたのだった。

「首輪に盗聴器はついてないはずだ。ＧＰＳはついてるけど。おそらく、リードだな。首輪に装着すると充電がてら電源が入るようになってるんじゃないかと思う」

「……なるほど」

そういえばざっと見ただけだが、あんなに洋服はたくさん用意されていたのに、首輪は一つもなく、リードもこの赤いの一本しか置かれていなかった。外に出るにはこれを使うしかないが、わざわざそうなるように仕向けていたということか。

なんというか——やはり愛が重い。ストーカーかよ、とつい同情的な視線を向けてしまうと三上は、

「……取り敢えず、帰ろうか」

と諦めきった顔でそう言い、力なく笑ってみせたのだった。

6

家に着くと早速二階の三上の部屋でリードを外し、三上を抱いて三階の事務所に向かった。

「いや、焦った。盗聴器か」

「もう勘弁してほしいよな」

三上も疲労困憊《こんぱい》といった顔になっている。

「犬の身体はやっぱり疲れるか？」

気になり聞いてみると、

「人間のときより元気だぜ。何せ若いし」

という安心の答えが返ってきたものの、三上の耳はたれていた。まあもとからたれているんだが。

「無理すんなよ。水飲むか？」

「あー、煙草吸いたい」

頷いたあと、三上が天を仰ぐ。

「足を組んで座りたいし、ビールも飲みたいし」

「全部無理そうだな……」

三上は酒も好きだったので本当に気の毒だと同情する。

「ちゅ～る、舐める？」

「……今はいいや」

せめて犬が好きそうなものを、と考え、若林がちゅ～るちゅ～る言ってたな、と思い出し聞いたが、三上は力なく首を横に振って断った。

「それより、帰りしな考えたんだけどさ」

そして気を取り直した様子となり、話し出す。

「井上のじいさんの死もやっぱり百虎会がかかわっていたが、どうも俺はじいさんが下手を打つとは思えないんだよ」

「情報屋とバレることはなかったはず……ということか？」

言いたいのは、と確認を取ると三上は「そうだ」と頷いた。そんな仕草も愛らしい――って、ヤバい。どんどん三上の――ならぬトイプードルの魅力にメロメロになっていく自分を抑えられない。

中身は三上、と己に言い聞かせていた俺に向かい、三上が話し出す。

「ヤクザの情報網は警察をも凌《しの》ぐといっても、じいさんも情報屋歴四十五年だぜ？　そうそう下手は打たないはずなんだよ。臆病だったから、梨田の調査も無理はしないので成果はないかもと前もって釘さされてたし」

「うーん」

とはいえ情報屋は殺されている。人間誰しも失敗はあるので、たまたま失敗したのでは。

俺の言いたいことがわかったのか、三上は、

「そりゃそうなんだけど、なんかひっかかるんだよなぁ」

と首を傾げた。

「そもそも俺と同じ日に殺されたっていうのも偶然なのかとか」

「それは申し訳ないが、情報屋のじいさんがお前に頼まれたと口を割ったからじゃないか？」

いい気持ちはしないかも、と案じつつそう言うと、三上はまた、「まあそうなんだけど」と不本意そうな表情となった。そんな顔も愛らしい。おっと。

「変な目で見ないでくれよ。気持ち悪い」

「……ごめん。大丈夫だ。赤ちゃん言葉にはならないから」

抱き締めることもしない、と言うと、三上は心底嫌そうに溜め息をついた。

「……そもそもじいさんが殺されなければならなかったのは、じいさんが何かネタを摑んだからだよな。なんだったんだろう？　取引の正確な日時とか？」

「あとは場所か。でも事前にわかっているのなら変更すればいいよな？　普通に考えて」

俺の指摘に三上は「そうだなあ」と頷く。

「俺たちが追っている最中にも、何度も空振りがあったしな」

「となると……なんだろう。梨田にとって警察に知られたくないことかな。それってなんだ？」

「ヤクザにはいくらでもありそうだが……」

三上もまた考え込む。二人して頭を絞ったが、これ、という答えは見つからなかった。

「……今後の方針を立てようぜ」

考えてもわからないときには、身体を動かすしかない。気持ちを切り替えよう、と俺は三上に提案した。

「そうだな」

三上は頷くと、考え考え、話し出した。

「やっぱり梨田かな。彼のことを調べていて死んだから」

「そうだな。とはいえ俺は警察を辞めてるし、お前は可愛いトイプードルだし、どうやって調べるかだな。接触は危険だろうし……」

うーん、と考えていた俺の頭に閃きが走った。

「ああ、そうだ。梨田がチャイナマフィアと繋がりを深めたのは女を紹介したからって言ってたよな?」

「え?　うん、それが?」

三上は問い返してきたが、すぐ「あ」と俺の意図を察した顔になった。

「女からか。なるほど。有効かも!」

明るい声を上げると、弾んだ声音《こわね》で喋り出した。

「組が経営しているキャバクラや高級クラブが数軒あるんだが、そこで働いているホステスを融通したんだ。銀座《ぎんざ》のナンバーワンだった。物凄い美女だったよ」

「梨田の女はいないのか、ミトモに調べてもらうか」

「そうだな。そこから斬《き》り込もう。運良く犬でも飼っててくれないかなあ」

「ああ、そうか。犬から情報収集できるんだもんな、お前は」

柴犬の太郎ちゃん捜索の早期成功は、三上のそのスキルがあってこそだった、と俺は改めて彼の能力に感心した。

犬の言葉も人間の言葉もわかるなんて凄すぎる。と、ここでふと疑問を覚え聞いてみる。

「他の犬も人間の言葉がわかるのか？」

「まったく理解できていないってわけでもないけど、完全に理解しているわけでもないんじゃないかと……。俺も前世の記憶が蘇る前はそんな感じだったし」

「なるほど」

そりゃそうだろうなと納得する。となるとやはり三上は凄いなという称賛に戻るのだが、それがわかったのか彼は、

「とにかく」

と少し照れた声を出しつつ話を変えた。

「焦ることはないんだ。復讐はしたいが、もう俺は死んでしまっているし、井上のじいさんもそうだ。焦って危険を冒すより、じっくり腰を据えていこうぜ」

「……そうだな。もう俺も、刑事じゃないしな」

警察を辞めたことを俺は今、後悔していた。三上がこうして訪ねてきてくれることが二年前にわかっていたら、自分の手で彼を殺した黒幕を逮捕することもできたのである。

とはいえ、犬に生まれ変わってやってくる、なんて、予想できるはずもないのだけれど、

と三上を見る。

「それまではこの事務所の立て直しを頑張ろう」

三上は敢えてなんだろう、明るくそう言ったあと、はっと何かを思い出した顔になった。

「……若林がずっと大人しくしてくれていればいいんだがな……」

「……たしかに……」

今のところ、三日おきに来ることにはなっているが、彼がいつまでこの状態に我慢がきくかは神のみぞ知るである。

「お前、愛されているからな」

「ありがたいとは思うんだけど、やっぱり重いんだよなー」

三上は困った顔になっていた。

「若林のことは嫌いじゃないんだよな?」

「勿論。これだけ世話になっているのに嫌ったりなんかしたらバチがあたるぜ」

言いながら三上が己の前足を見やる。

「どうした?」

「いやー、肩を竦《すく》めようとしたんだけどできなかった」

「……どんまい」

いつの間にか三上はソファの上、ぺたんとお尻をついて座っていた。ぬいぐるみのようで愛らしいが、そういえば犬が寛ぐときの基本姿勢はどういったものだったか。

飼ったことがないので本当にわからないんだよな、と首を横に振る。間違っても今の三上のぬいぐるみ座りではないと思うのだが、と言おうとしたとき、机上の電話が鳴った。

「はい、甲斐探偵事務所でございます」

元気よく、そして丁寧に、と心の中で繰り返し応対する。とはいえここのところ事務所にかかってくる電話は九割がマンション買いませんか系の勧誘電話だったのであまり期待はしていなかったのだが、なんと本日二本目の依頼電話だった。浮気調査で、これから事務所を訪ねたいという。

勿論どうぞと浮かれて返事をし、電話を切る。

「依頼か?」

聞いてきた三上を俺は抱き上げた。

「お前、招き猫……じゃない、招き犬なんじゃないか? お前が来てから依頼が立て続けに二件とは!」

「偶然だろうよ。普通に考えて」

三上は呆れていたが、心なしか嬉しそうだった。

「で？　今度は？」

「浮気調査だそうだ」

「張り込みも尾行も慣れたものだもんな。お前、尾行得意だったし」

「平凡な顔だから周囲に溶け込むんだよ」

「ああ、俺はイケメンだから目立つのか」

ふざける三上に俺は「よく言うよ」と返しながら、昔はさておき、今の三上は誰もが振り向く可愛さだと心の中で呟いた。

依頼人は佐藤《さとう》ほのかという主婦だった。年齢は五十前、いや、五十過ぎか？　よく言えば上品でシック、悪く言えば地味だが高級そうな服を着ている。

「主人が浮気しているのは間違いありません。その現場を押さえてほしいのです」

彼女の夫は大手商社の部長で、浮気相手はおそらく部下の女性ではないかと思う、と告げたあとに、ほのかは溜め息と共にぼそりと言葉を零した。

「若い女であることは間違いないと思います」

「失礼ですが浮気を疑われたのには何か根拠がおありなのですか？」

たまに『女の勘』という答えが返ってくることがあるが、たいていの場合は何かしらの根拠があった。探偵を雇うのは決して安い金額ではない。それでも依頼をするのは証拠を摑んで自分にとって優位な条件で離婚を成立させるため、というケースがほとんどだ。

ほのかもおそらくそうだろうと踏んだ俺の勘は当たった。

「金遣いがあからさまに荒くなりました。ちらと見えたカード明細にはブランド店の名がずらっと並んでいましたし」

「なるほど。他には？」

まだあるなと思って聞くと、ほのかは肩を竦めてみせた。

「実はこれが初めての浮気ではありません。若い頃から繰り返していることはわかっていたんですけど、子供がいましたので離婚する気にはなれなかったんです。でも」

と、ここでほのかは言葉を切ると、俺をキッと見据えてきた。

「息子も就職が決まりましたので、もういいかな、と」

「……商社マンは浮気性だともいわれていますしね……」

どうしたわけかそういわれている。業界あるあるなんだろうか。確かにこの探偵事務所への依頼も商社マンの妻が結構いるので誤った情報ではなさそうである。

「夫も間もなく定年ですし、きっちり慰謝料を受け取れ、将来的にもらえる年金もきっちりわけてもらえるよう、浮気の証拠をお願いしますね。可能なら会社にいるときから帰宅するまでの間、つきっきりで見張ってください」

今日からでも取りかかってほしいと、ほのかは、用意してきた夫の写真や名刺、他には通勤経路や車のナンバーを俺に渡し、着手金を支払って帰っていった。

「準備よすぎだろう」

彼女が帰ると同時に、バックヤードで大人しくしていた三上がやってきて、ぴょん、と今まで彼女が座っていたソファへと飛び乗る。

「腹に据えかねたんだろうが、しかしちょっと気にはなるんだよな」

三上が腕を組もうとして諦め、先程と同じぺたんとぬいぐるみ座りをしながら首を傾げる。

「気になるとは」

「このタイミングでの依頼、しかも浮気調査で今日からターゲットにつきっきりって……」

ここまで言うと三上は、言葉を途切れさせた。

「どうした？」

考えている様子の彼に声をかける。

「いや、まさか……うーん」

三上は考え込んでいたが、俺が再度「どうした？」と聞くと、

「なんでもない」

と答えてはくれなかった。

「?」

気になりはしたが、言いたくないのなら無理に聞き出さずともよいか、と、早速俺は調査の準備にかかることにした。

デジカメや小型レコーダーの充電を確かめ、バッテリーと共にバッグに入れる。オフィス街ではスーツが目立たないだろうと着替えに行こうとしたとき、三上をどうするかと今更のことに気づいた。

「車で待つか? しかし……」

オフィス街でビルの前に車をいつまでも停めておけるものではない。ロビーなどで張ることになれば、駐車場に駐めた車の中に三上を一人で残していくしかなくなる。夜の街では確実に、犬を連れていれば目立ちまくるだろう。

キャリーケースに入れて持って行く? さらに目立つ、と俺は、今回は彼をここに残していくことにした。幸い、二階は三上の部屋だ。食事も水も潤沢にあるし、確か自動の給水器や餌やり機もあったような、とそれを三上に告げようとしたとき、俺の頭にも閃きが走った。

「……おい、もしかしてこの依頼……」

「……やっぱり怪しいよな？」

三上が言い淀《よど》んだのはこのことなのだ、と察する。

「お前を俺から引き離すために、若林が仕込んだ……？」

だとしたらこの依頼は偽なのか。佐藤ほのかは演技をしていたと？　渡された写真諸々も偽の依頼のために用意されたものなのだろうか。

「……じゃないといいなと思ったんだが……」

「まあ、調べてみればわかるよな」

名刺と写真は偽物であることがすぐに露呈するので多分、本物なのだろう。だが佐藤ほのかがこの写真の人物の妻であるというのは本人の申告のみだ。俺に一日、写真の男を見張らせておいて、その隙に若林は三上を攫《さら》おうとでもしているのだろうか。

だとしたら、と俺は三上を抱き上げた。

「お前も一緒に行くか」

「取り敢えずはそうしよう」

三上は今、申し訳なさそうな顔をしていた。

「偽の依頼でも金はもらえるよ」

気にするな、と言ってやると三上は「ほんと、ごめん」とますます項垂れてしまった。

「キャリーは下にあったよな。あ、でもリードには盗聴器が仕掛けられてるんだったか」

リードを持っていくと会話が筒抜けになる。どうするかと考えていると三上がさすが、という提案をして寄越した。

「俺が喋ることにして、お前は相槌《あいづち》だけ打つというのはどうだ？」

「それ、ナイス！」

「おっさんか」

三上が噴き出す。

「え？　ナイスって死語か？　普通に使っていたが」

「既に感覚がおっさんだな」

二人で笑い合いながら二階に下り、キャリーとリード、それにエチケット袋などを用意していると、俺のスマホが着信に震えた。

「誰だ？」

画面の見知らぬ番号に首を傾げつつ応対に出る。

「もしもし？」

『おい、マカロンちゃんを連れて行く気じゃないだろうな』

この声は。そしてこの内容は。誰、と言わなくてもわかるが、なぜ俺の携帯番号を彼は知っているのだろう。

「若林さんですね……」

三上にも聞かせてやろうと俺はスピーカーホンにし、確認を取った。

「もしかして先程の依頼、あなたの仕込みですか？」

そうでなければこんな電話をかけてくるはずがない。それに本人もそれを隠す気がなくなったのだろう。俺が三上を連れて行けば、彼の目的は達成できないからである。

『仕事を紹介してやっただけだ。仕込みではない』

「それは……ありがとうございます」

てっきり仕込みかと思っていたが、依頼自体は本物だったということなのか？　信用できるかはともかく、と俺は三上を見た。三上もまた首を傾げている。

『マカロンちゃんは俺が見ていてやるから、とっとと行ってくるといい。早く解決したほうが事務所の評判向上に繋がるんじゃないか？』

「それはそうですが……」

どうする？　と俺は三上を見た。

「ちょっと怖いな……」

三上が不安そうな顔で呟く。こうまでして三上と一緒にいたいという若林の愛は確かに重くはあるが、これだけ愛されているのなら危害を加えられることはまず考えなくてもいいのではないか、とそれを伝えるのに一旦《いったん》保留にするかと考えていると、三上が恐ろしいことを言い出した。

「シャブ漬けにされたりして……」

「いや、それは……」

ないんじゃないか、と言おうとしたとき、スマホから若林の怒声が聞こえてきた。

『誰がシャブ漬けにするって？』

「いや、その」

しまった、まだ保留にしていなかった、と慌てる俺の耳に三上の仰天した声が響く。

「おい、今、シャブって言ったの、俺だよな？」

「……あ……」

確かに。となるとなぜ、若林はそれを聞き取ることができたのだろう。

「お前以外にそこに誰かいるのか？　姿は見えないが」

「……盗撮！」

監視カメラが仕込まれていたのかと、ぎょっとしつつ俺は周囲を見回した。が、今はそれどころじゃなかった、と、焦って電話を切り、三上に問い掛ける。

「若林に、お前の声が聞こえていたってことか？」

「そうとしか考えられない。だがどうして？」

俺も動揺していたが、三上は俺以上に動揺していた。二人してあわあわしていたところに、物凄い勢いでドアが開いたかと思うと、悪鬼のごとき怒りの表情を浮かべた若林が駆け込んできた。

「てめえ、電話を切りやがったな！　一体誰と喋っていやがった！」

「す、すみません……っ」

動揺したあまり電話を切ってしまったが、若林の怒りの火に油を注ぐ結果となってしまった。慌てて謝ったが後の祭り、逃げる間もなく若林が俺の胸倉を摑み、絞め上げてくる。

「俺がマカロンちゃんをシャブ漬けにするなどと、ふざけたことを抜かしたのは誰だ？」

「そ、それは……」

本人です、と答えたところで若林は信用しないだろうし、何より三上を売りたくはない。どう言って誤魔化そうと考えていることは当然ながら見抜かれ、若林が尚も強い力で俺を絞め上げてきた。

「とっとと吐け！　まだこの部屋にいるのか？」

「ぐえっ」

呼吸が苦しい。死ぬかも。振り解こうにも腕力の差がありすぎて、されるがままになっている。

思えば短い人生だった。しかしこれで俺も犬に転生したら三上とお揃いだ。

三上、来世で会おうな、と俺が三上へと視線を向けると、三上は激しく首を横に振ったあと、大声で叫んだ。

「俺だ！　俺だよ！　俺が自分でシャブと言った！　カイは関係ない！」

「マカロンちゃんー！」

と、それを聞いて若林は俺を放り出し、三上へと向かっていった。げほげほと咳込みつつ、どういうことだ？　と彼を見る。

「どうちたんでちゅかー。マカロンちゃんがそんなに吠えるなんて。大丈夫でちゅよー、怖くない、怖くない」

いや、充分怖い。

ってそうじゃなくて、と、俺は若林の腕の中でもがく三上を見やった。三上も俺を見返し、首を傾げる。

「どういうことだ？」

当惑した顔で三上はそう言うと、若林へと視線を向け、問い掛けた。

「俺が何を喋っているか、今はわからないんだな？」

「マカロンちゃん、なんでちゅか？　きょとんとして。可愛いでちゅねー」

ありがたいことに若林は俺への怒りをすっかり忘れているようである。

にしても、どういうことなのだろう。確かに若林は先程、三上の声を聞き取った。なのに今、彼の耳に若林の言葉は犬の鳴き声のように聞こえているらしい。

「やっぱりわからないみたいだな」

三上が俺へと視線を向け、首を傾げつつもそう告げる。

先程はわかって今はわからない。因みに今までもずっとわからなかった。

なぜ、さっきだけ、三上の言うことがわかったのだろう。

愛の力――？　なわけがない、と、頭を横に振ったと同時に、先程と今との違いを察した。

「電話か！」

「電話だ！」

三上も同じく察したらしく、二人の声が重なる。

「さすが俺たち、気が合うな！」

嬉しそうな顔でそう告げる三上の顔を、若林が心配そうに覗き込む。

「どうちたんでちゅか？　マカロンちゃん、何が言いたいんでちゅか？」

「……うーん……」

三上は何かを考え込んでいた。この場をどう誤魔化すかだろうか。しかし若林の様子を見ると、なあなあですみそうである。

「おい」

と、その若林が俺へと顔を向け、ドスのきいた声をかけてきた。

「は、はい」

「マカロンちゃんは今、なんて言ったんだ？」

「ええと……」

なんと言ったことにする？　と三上を見る。と、若林が俺に問いを重ねてくる。

「『電話』ってのはさっき俺がかけた電話のことか？」

「あ、いや、その……」

そうだと言っていいのか、言わないほうがいいのか。『シャブ漬け』を蒸し返されると今度こそ俺の命が危うい気がする。

『電話』は他のことにしよう。そうだ、若林の電話を切ってしまったことをきっちり謝ったほうがいいと三上に言われたことにすれば、マカロンちゃんが自分を気遣ってくれたと若林の機嫌も直るのではなかろうか。

　そこまで甘くないかもしれないが、試してみる価値はある、と俺が息を吸い込んだそのとき、三上の思い詰めたような声が耳に届いた。

「カイ……俺、本当のことを言おうかと思う」

「ええっ」

　まさかの発言に俺は驚きのあまり、大きな声を上げていた。

「おい」

　若林の怒声に我に返るも、続く三上の言葉にまた驚き、さらに声を上げてしまう。

「だから言ってくれ。電話をかけてみろって」

「ちょっ、お前……本気か？」

　自分がマカロンの『中の人』であると明かすというのか？　こんなに可愛がっているマカロンちゃんが間もなく三十になるところで死んだ男の生まれ変わりと知らせると？　しかももと刑事であることまで？

　死ぬぞ、と俺は三上に目で訴えかけた。が、三上はふるふると首を横に振ると、

「いいんだ」

　と微笑《ほほえ》んだ――ように見えた。とても可愛かった。って今はそれどころではないのだが。

「マカロンちゃんー！」

若林がメロメロになっているのを横目に俺は三上に、

「どうして」

と目で問い掛けた。

「……可能性にかけてみようかと思ってさ」

可能性？　と俺が聞きたいのがわかったのか、三上が言葉を続ける。

「お前はもう民間人で、身を守る術がない。百虎会の梨田に接触すればかなりの確率でお前の身に危険が迫ることになる」

そんなことはわかっていた。命が惜しくないかと言われれば当然惜しいが、だからといって諦めるつもりはなかった。

警察を辞めて二年、日々の暮らしに追われてはいたが、三上の死は常に俺の心にひっかかっていた。こうして再会を果たすことができるとは思っていなかったし、まさか犬になっているとも想像していなかったが、本人が望むとおり、握り潰された彼の死の真実を明らかにしたい。今度こそ悔いの残らないようにしたいのだ。そのためなら多少の危険など冒してみせるに決まっているじゃないか。

言葉で伝えたいが、若林がいるのでそれもできない。幸いなことにその若林は今、三上の愛らしさに目が釘付けとなっていて、俺には欠片《かけら》ほどの関心も示さなかった。

考え直せ、と三上に目で訴える。だが三上はそんな俺にまた、ふるふると首を横に振ってみせた。

「お前の安全のためもあるが、それ以上にもう、若林を騙《だま》せる気がしないんだ」

「……………」

それは——わからなくもない。つい頷いてしまった俺に三上が言葉を続けてくる。

「あの手この手を使って離れている間の俺の情報を得ようとするだろう。盗聴器や監視カメラももしかしたら既にお前の事務所に仕掛けているかもしれないし」

「……………」

確かに、と頷いた俺に三上が、

「それならいっそ打ち明けて、とことん嫌われたらどうかと、そう思ったんだ」

と実にさばさばした口調でそう告げたあと、ぼそりと言葉を足す。

「もしそれでも俺への愛が冷めなかったとしたら、それはそれで使える存在になるしな」

「……お前……」

外見だけでなく、中身まであざとくなってどうする、と呆れてしまっていた俺に三上が頷いてみせる。

「とにかく、トライしてみよう。殺されるときはきっとお前も一緒だろうから、寂しくないぜ」

「……そりゃそうだけれど」

できれば生きながらえたいものだと祈りつつ俺は、うっとりと三上を見つめる若林に話しかけるべく、大きく息を吸い込んだのだった。

7

「あの……若林さん」

「あぁ？」

三上に対する声音とはまるで違う、迫力のありすぎる若林の声に俺の気力は萎《な》えそうだった。

「頑張れ、カイ。死ぬときは一緒だ」

三上が声をかけてくるのに、できれば死にたくないけどなと心の中で呟くと俺は、意を決し、若林に三上からの依頼を告げた。

「大変お手数なんですが、私のスマホに電話をかけてもらえないでしょうか」

「こうして顔を合わせているのに、わざわざ電話をしろと？」

いかにも不快そうな声を出す若林を前に俺は、三上より先に死ぬことになるかもと案じつつ、これ以上ないほど下手《したて》に出て再度頼む。

「はい。マカロンちゃんが是非《ぜひ》、そうしてほしいと」

「早く言え」

途端に若林は内ポケットからスマホを取り出し、操作し始めた。最初からこう言えばよかったのかと後悔するも、三上への寵愛《ちょうあい》も間もなく失せるかもしれないので今更かと腹を括《くく》る。

すぐに俺のスマホが着信に震えた。

「かけたぞ」

「あの……若林さん、驚かないでください」

応答ボタンを押したあと、俺はスマホを三上の口元に向けた。

「驚く？」

若林が訝しげな顔になる。

「スマホ、耳に当てていただけますか？」

さあ、どうなるか。神のみぞ知る。若林が拳銃を乱射したとしても受け入れよう。きっと三上も同じことを考えているだろうなと思いつつ俺は、彼に頷いてみせる。三上も俺に頷いたあと、コホン、と咳払いをしてから――これがまた可愛らしかったので、若林は萌え死しそうな顔になっていた――口を開いた。

「若林さん……マカロンです」

「なっ」

俺はこの瞬間を生涯忘れないと思う。そのくらい衝撃的な顔を若林はしていた。

強面の彼の顔は今、なんの表情も浮かべていなかった。死体？　と思うほどだと彼の顔に見入っていると、若林の視線が俺へと移る。

「……言葉が……聞こえる」

「マカロンちゃんが喋ってるんです」

「……信じがたいんだが」

そりゃそうだ。この先は三上に任せるしかないのだが、と三上を見る。三上は、任せろ、というように笑うと、俺が口元に置いたスマホに話しかけた。

「信じがたい気持ちはわかります。でも、僕の話も聞いてほしいのです」

「マカロンちゃん……本当に、マカロンちゃんなんだな？」

若林はどうやら、現実を現実として受け止めることができるようになったようだ。さすがの対応力、と感心したが、未だに彼の顔にはなんの表情も浮かんでいなかったことが気になった。

「はい。マカロンです。でも僕には前世の記憶があるのです」

「前世……」

若林がぼそりと呟く。

「はい。二週間前に思い出しました。僕は三上という名で、カイ――ここにいる彼と面識があったんです」

「三上……」

呆然とした顔のまま、若林が呟く。

「はい。二年前、死んで犬に生まれ変わりました。生前、僕は刑事でした。カイの同僚だったんです」

「……刑事……」

若林は相変わらず呆然としていた。ヤクザが警察を好きなわけがない。刑事と知ったことで三上に手を上げたら守ってやらねばと、俺は若林の動きを注視した。

「突然のことで驚いたかと思います。あの……大丈夫ですか？」

三上が若林を見上げる。目立ったリアクションがないことで不安になったのだろう。しかし驚く若林の気持ちも勿論わかる。俺も相手が三上だったから比較的早く受け入れられたが、まったく面識のない人間が犬になって喋り始めたら、到底信じられないと思うし気味悪くも感じるだろう。

自分の問い掛けにも無反応の若林を前に、三上はどうしよう、というように俺をちらと見上げたあと、取り敢えずは謝っておくかとでも考えたようだ。

「……こんな犬で……なんというかその……すみません」

「何を言う！」

その瞬間、若林が動いた。彼が一ひねりでもすれば三上などひとたまりもないだろうと、俺は慌てて彼を救い出そうとしたが間に合わなかった。

若林はなんと、三上を抱き上げ感極まったかのように上を向き、涙を流し始めたのだ。

「…………」

俺も驚いたが三上も相当驚いたらしい。

「若林……さん？」

呼びかけたが若林はスマホを耳から離していたので、鳴き声にしか聞こえないようだった。

「言葉が通じなくなった⁉」

焦った様子になる彼におずおずと、スピーカーホンにしたらどうだと提案する。

「ああ、そうだな」

若林は素直に受け入れてくれたあと、改めて三上を抱き上げ、じっと目を見つめながら語りかけた。

「『こんな犬』などとは言わないでほしい。機械越しとはいえ、マカロンちゃんの言葉を正確に聞き取ることができ、俺の言葉を伝えることもできるなど、俺にとっては夢のような出来事だ。いつもマカロンちゃんが快適に過ごしているか、俺に不満はないのか、不安を抱えていたからな」

「……あ、ありがとうございます。不満なんてそんな」

どうやら若林は落ち着きを取り戻したらしい。が、今度は三上が挙動不審になっていた。

「あの……大変ありがたいんですが、気味悪くはないんですか？　喋る犬なんて……」

「気味悪いわけがない。夢だったんだから」

何を言っているのかと若林が意外そうに返す。

「中身が間もなく三十だった男でも？」

卑下《ひげ》してどうする、と俺はつい、三上に突っ込みそうになった。せっかく受け入れられているのだから身の安全のために黙っておけと目で訴えようとするも、若林の腕に抱きこまれているため顔が見えない。

「犬の二歳は人間でいうと二十代だ。気にすることはない」

「……もと刑事であっても……？」

だーかーら！　自《みず》ら地雷と思われるワードを発するな、と俺は焦ってつい口を挟んでしまった。

「前世の話ですから！　今は可愛いトイプードルです！」

「そいつの言うとおりだ。たかが前世のことで俺がマカロンちゃんを嫌うと思うか？」

三上を見つめる若林の視線が熱い。重すぎるかもしれないが、愛されていて本当によかったなと、俺は三上のために心底安堵したのだった。

「……ありがとうございます。若林さん」

三上もまた安堵したのか、声が明るくなっている。

「……それにしても、前世の話を信じてくださるとは正直、思っていませんでした。本当にありがとうございます」

三上が改まって礼を言う。

「実家が寺だからな」

「寺！」

俺と三上、ほぼ同時に叫ぶ。そのくらい意外だったからだが、なぜか若林は俺を睨んできた。

「随分《ずいぶん》と気が合っているじゃないか」

「し、親友だったんです。三上とは」

これ言って大丈夫なやつか、と答えた直後に不安になり、慌てて言葉を足す。

「あくまでも前世で、です」

「お前にとっては今世だろうが」

やばい。これはアウトな感じだと、三上にフォローを求めるより前に若林の怒りのこもった声での攻撃が続く。

「マカロンちゃんにとって一番の仲良しはお前とでも言いたいのか？」

「ち、違います。そんな、滅相もない」

「違わないだろうが。現にマカロンちゃんはお前のもとにやってきて俺を遠ざけた。それともそれはお前が勝手にしたことだとでもいうのか？　俺がマカロンちゃんの言葉をわからないと踏んで」

「そんなはずありませんって」

「そもそも俺はスマホ越しじゃないとマカロンちゃんの言葉が聞こえないのに、お前は直に聞けている。俺とお前、何が違うというんだ？」

「わ、わかりません。し、しかしそれは些末《さまつ》なことなんじゃないかと……」

どっちみち話ができるようになったのだし、となんとかフォローしようとしたが、逆に若林を激高させてしまった。

「些末なわけあるかい！　俺も直接聞きたいわ、マカロンちゃんの声を！」

「カ、カイとは付き合いが長いからじゃないですかね。きっと若林さんともそのうちに直で話せるようになりますよ。これから長い付き合いになるわけだし」

そんな適当なことを言って大丈夫かと俺は三上を案じたのだが、若林は三上の——否、マカロンちゃんの言葉ならなんでも受け入れるようで、

「だとしたら嬉しい」

と素直に喜んでしまった。

「そしたら帰るとするか」

上機嫌のまま、若林が三上を抱いて立ち上がる。

「え？」

「電話越しに話せるようになったんだ。これからはマカロンちゃんの希望はお前に聞かずともわかるからな」

「あ、いや、その、ちょっと待ってください」

止める間もなく若林はスマホの通話終了ボタンを押したかと思うと、三上の顔に顔を近づけ、相好を崩した。

「マカロンちゃん、おうちに帰りまちゅよー。ここよりずっと居心地よくしてあげまちゅからねー」

「……なぜまた赤ちゃん言葉に戻る」

ぼそ、と三上が呟いたあと、俺へと視線を向け口を開いた。

「……一旦戻るわ。なんとかお前とコンタクトを取れるよう、方法を考えるよ」

「…………」

わかった、と返事をすると若林に、直接話ができることをひけらかしているのかと怒られそうだったので、頷くに留める。

「邪魔したな。そのうちに二階も撤収する。一年間の契約を途中解約はしないから安心しろ」

それだけ言うと若林は振り返ることもせず、颯爽《さっそう》と事務所を出ていってしまった。

閉まったドアを見つめる俺の口から深い溜め息が漏れる。

三上の秘密——若林にとっては『マカロンちゃんの秘密』だろうが——を打ち明けることができて、結果的にはよかったということだろう。しかし保身に走るあまり、三上は前世、マカロンが今世、と区別化したため、三上を連れて帰られてしまった。これからの人生はマカロンとして生きるのだから、前世のことはもういいだろうと、若林が考える可能性は大きい。そうじゃないといつまでも三上と一番仲がいいのが俺になってしまうからだ。

下手をすると俺と三上が会うことを禁止するんじゃなかろうか。このままでは前世からの付き合いの年数が積み上げられていき、いつまでも若林が一番になれないから。

それはやっかいだな、と溜め息をついた次の瞬間、俺のスマートフォンが着信に震えた。

「?」

見覚えのある番号。若林だ、とわかり、慌てて応答する。

「は、はい」

『どういうことだ？　電話越しでもマカロンちゃんが話さないぞ』

「……え……?」

ちょっと意味がわからないのだが、と戸惑っていると、

『これから戻る』

と不機嫌全開の声で若林は告げ、電話を切ってしまった。

どういうことなのだろうと首を傾げて待つこと二分あまり、物凄い勢いでドアが開き、マカロンを抱いた若林が登場する。

「運転手のスマホと俺のスマホを使ったが、マカロンちゃんは喋らなかった。もしやお前、俺を謀《たばか》ったのか?」

若林は、今この瞬間にも俺を殺すのではというほど殺気だだ漏れ状態だった。

「謀ってません！」

殺されるより前に、と俺はスマホを取り出し、若林の番号にかける。若林がポケットに手を入れ、スマホを取り出すとスピーカーホンにし、俺を睨んだ。

「三上、どういうことなんだ？」

聞きながら三上の前に俺のスマホを差し出す。

「わからん。でも確かにさっき、車の中で試したところ、若林さんのスマートフォンからは犬の鳴き声しか聞こえなかった」

「……喋ってる……」

若林が呆然とした顔になる。

「うん、喋ってるな」

若林のスマホからは確かに三上の声が聞こえる。これはどういうことなのか。もしや、と俺と三上は顔を見合わせた。

「カイのスマホからじゃないと、俺の声は聞こえないのかな？」

「……そういうことなのか？」

理由はさっぱりわからない。三上の言葉は俺にはわかるので、俺に属しているものを介せばその力を共有できると、そういうことなんだろうか。

二人して顔を見合わせていると、若林の怒りのこもった声が聞こえてきた。

「そのスマホ、譲ってもらおうか」

「多分、スマホの問題じゃないと思います」

と、三上が冷静な声でそう言い、若林を見上げる。

「どういうことだ?」

俺には殺気を向けるのに、三上には慈愛に満ちた眼差しを向けている。不公平だと思いはしないが、落差が激しすぎるような、と見守る中、三上が俺へと視線を向けてきた。

「この通話を切って、若林さんに渡してもらえるか?」

「え? あ、ああ。わかった」

言われたとおりにしてみよう、と俺は通話を切り、若林にスマホを渡した。

「自分の電話にかけて試してみてほしいと伝えてもらえるか?」

三上の言葉をそのまま若林に伝えると、若林は訝しそうな顔をしつつも、それに従った。

「カイのスマホを俺の口元に持ってきて、言葉が聞き取れるか試してみてほしい」

若林はまたも三上の言葉に従ったが、若林のスマホから聞こえてきたのは犬の鳴き声だった。

「カイが持っていないと駄目なんじゃないかなと思う」

やはり、と三上が頷くのに俺は、果たしてそれを若林に伝えて大丈夫だろうかと不安になった。

「マカロンちゃんはなんと言っている？」

若林が俺に凄んでくる。

「ええと……」

「俺から説明するよ。電話をかけ直してくれ」

ありがたいことに三上がそう言ってくれたので、お言葉に甘えて、と俺は若林からスマホを受け取ると再び彼の番号にかけ、三上の口元に持っていった。

『取り敢えず、座ってください。カイ、若林さんにコーヒー、淹れてもらえるか？　ブラックでな』

三上の言葉は今度は若林にも無事届いたらしく、一瞬にして彼は幸せそうな顔になった。

「マカロンちゃんは俺のコーヒーの好みを把握してくれていたんだな」

「勿論です」

三上が若林のご機嫌をとっている間に、俺は急いでバックヤードへと向かい、コーヒーメーカーを作動させると一人分のコーヒーを淹れ事務所に戻った。

「俺がお前のスマホを持ち上げたらまた、マカロンちゃんが喋らなくなった」

若林が恨みがましい視線を俺へと向けてくる。

「そ、そうなんですね」

慌てて俺はテーブルの上のスマホを取り上げると、三上の口元に持っていった。

「喋ってみてくれるか？」

「スマホをちょっとテーブルに置いてもらえるか？」

「わかった」

三上に言われたとおり、スマホから手を離しテーブルに置く。三上は若林の膝《ひざ》からテーブルに乗ると、スマホに向かって話しかけた。

「どうですか？　聞こえますか？」

「いや、ワンワンだ」

若林が残念そうな顔になる。

「やっぱりカイが持っていないと駄目ってことなんだろうな」

三上に言われ、俺はスマホを取り上げると彼の口元に持っていった。

「どうですか？」

「……聞こえる……」

若林は頷いたあと、恐ろしいことを言い出した。

「そいつの手があればいいのか？」

「切り落としたら多分、聞こえなくなると思いますよ」

三上が焦ってそう言ってくれたおかげで、なんとか俺の手は身体にくっついていられるようになった。

「どうしてだ？　どうしてお前のスマホだけがマカロンちゃんの言葉を伝えることができるんだ？」

若林が俺を、そして三上を見やり、問いを発する。苛立《いらだ》ちを感じさせる口調ではあるが、どちらかというと戸惑いのほうが大きいように見える。戸惑うのは俺も一緒だ、と三上を見ると、三上は、

「わからないんですが……」

と前置きをしてから、俺を見上げ、次に若林を見やった。

「話をする前に、カイ、その体勢はつらいだろう？　俺を膝に抱いていいぞ」

「いやあ……」

一瞬にして顔色を変えた若林を前に、その勇気はない、と断ろうとしたが、三上は、

「いいですよね？」

と若林に許可を得るべく問い掛けた。

「そうじゃないと若林さんにお尻を向けたまま話すことになってしまう」

「そ、そうですね」

三上にまで敬語を使ってしまいつつ、俺はおそるおそる若林を見やった。

「マカロンちゃんがそう言うなら」

物凄く不本意そうな様子ながらも若林は承諾し、俺は彼の刺すような視線に耐えつつ三上を抱き上げ、口元にスマートフォンを持っていった。

「……理由を考えたのですが、カイだけ俺の言葉がわかったり、彼のスマホだけ俺の言葉を伝えることができるのは、おそらく、俺とカイの目的が同じだからではないかと思います」

「…………」

そういうことかもしれない。三上が前世を思い出したのは復讐のためだったとなると、その理由は納得できた。俺もまた三上の復讐を望んでいたからだ。

若林も納得してくれるといいのだが、と彼を見る。

「マカロンちゃんは、普段は『俺』と言うんだな」

しかし若林がひっかかったのはそんなところで、俺と三上はつい、顔を見合わせそうになった。仲良しすぎると思われるのがいやなので、お互いに堪えはしたが。

「……はい。あの、二人の目的をお話ししてもいいですか？」

　気を取り直した三上が若林に問い掛ける。

「ああ。話してくれ。今この瞬間にも達成してやる」

　にこにこと若林は笑っていたが、

「どんな手を使ってもな」

　という続く彼の言葉は、聞き捨てならなかった。

「ま、まずは話だけ聞いてもらえますか？」

　焦りを押し隠しつつ、三上が話を始める。

「俺が刑事であることは先程お話ししましたが、二年前、捜査中に命を落としました。何者かにより口封じのため殺されたんです」

「そいつを殺せばいいんだな？」

　前のめりにならないでください、と突っ込みそうになり、俺は慌てて己の口を押さえた。

「その相手が誰かわからないので、カイと調べるつもりだったんです」

「わからないというのはどういう意味だ？」

　若林が訝しげな顔になる。

「まずは俺が死んだときの状況から話しますね」

だから話を聞いてくださいよ、と三上もきっと言いたかったんだろう。俺と同じ理由で我慢をしたらしいが、と思いつつ俺は、三上の話に耳を傾けた。

死ぬ直前まで百虎会――と、団体名は出さずに『某組織』とぼかしていた。若林が即、カチコミにいきかねなかったからだ――とチャイナマフィアの覚醒剤取引を調べていたこと、自分だけでなく、百虎会の調査を依頼していた情報屋も殺されたこと、自分を殺した犯人として、百虎会とは縁もゆかりもないチンピラが逮捕され、起訴されてしまったことなどを順を追って説明した。

「チャイナマフィアとの覚醒剤取引……二年前に始めたのは百虎会だな」

三上は名称を出さなかったというのに、若林は即、百虎会と特定し、腰を上げかけている。

「チャイナマフィアと繋がっているのは若頭の梨田だった。よし」

「『よし』じゃないんです。俺はまず、なぜ殺されなければならなかったのか、それを知りたいんです！」

聞いてくれ、と三上が必死で訴えかける。

「可愛いな」

飛びかからん勢いで叫んで――スマホ越しじゃないと『吠えて』だが――いる姿がツボにはまったらしく、若林がにこにことそれは上機嫌な顔になっている。この隙に、と思ったのか、三上が畳み掛けるようにして訴えかけた。

「なので梨田を消したり百虎会を潰したりするのはちょっと待ってほしいんです！　俺の死について調べたいからっ!!」

「マカロンちゃんの頼みであれば聞かざるを得まい」

三上の訴えは、若林には無事に通じたようだった。

「本当にありがとうございます！　若林さん！」

三上が安堵した顔になり――その顔でまた若林のハートを摑んでしまったようだが――礼を言う。と、若林が少し不満そうな口調で三上に声をかけた。

「『若林さん』というのは違和感がある」

「……え？」

三上が戸惑った顔になる。言うまでもなく、その顔もまた若林には刺さったようだが、違和感て、と俺はまたも突っ込みそうになった。

今までなんと呼ばれていたというんだ。『ワン』じゃないのか。だったらなんと呼ぼうが違和感だろう。

そもそも、喋ってる時点で違和感持てよ——と、さっきからツッコミを我慢しているうちに、やたらと長文になってしまった。果たして三上は、と彼を見ると、未だ戸惑った顔のまま、小首を傾げつつ若林に問い掛ける。

しつこいようだがこの小首を傾げる仕草にも、若林はメロメロになっていた。って本当にしつこいな、我ながら。要は三上が何をしようが若林はメロメロなのだ。

「あの……それではなんとお呼びすれば？」

「『パパ』」

「…………」

「…………」

その瞬間、室内の空気が凍りついた。

パパ——パパ？

「い、いやー、それは……」

三上の顔が引き攣《つ》っている。因みに俺の顔もこの上なく引き攣っていたが、誰も見ちゃいなかった。

「『パパ』と呼んでくれないのか？」

若林が悲しそうにそう言い、三上を見つめる。

怖いんですけど。相当。

「ええと……」

三上が救いを求める目を向けてきたが、俺にできることがあるはずもなかった。

「…………」

呼んでやれ。

目でそう告げると三上は裏切られた、とショックを受けた様子になったが、それで諦めがついたらしい。

「……お願いします。パパ」

三上は今、きっと何か大切なものを失った。そうは思ったが、不可避だったのだと心の中で彼を抱き締める。

「わかった。マカロン。梨田を殺すことも百虎会を潰すこともすぐにはしない」

「……すぐには……」

ということは、と空恐ろしくなったが、取り敢えずは大丈夫と前向きにとらえることにする。三上も同じ気持ちなのか、

「パパ、ありがとう」

と早速若林に媚びていた。一度呼んだらもう何回呼ぼうが同じと諦めたんだろう。

「マカロンに『パパ』と呼ばれる日が来ようとは」

若林は若林で感極まった顔になっている。あれなら当分、三上の嫌がることはすまい、と俺は安堵しつつ、三上を見た。三上の表情には心なしか諦観《ていかん》が表れているように見える。諦めきった小犬――レアな眺めだった。が、すぐに気力を取り戻した顔になると、

「あの」

と若林に話しかける。

「なんだ？　マカロン」

若林は相変わらずの笑顔だった。『パパ』効果は凄いなと、感心していた俺の前で、三上が彼に問い掛ける。

「百虎会の覚醒剤取引について、何かご存じのことはありませんか？　または梨田についてでも」

先程若林は三上が敢えてぼかしたというのに、彼の話から簡単に百虎会や梨田に辿り着いた。若林から情報を引き出すことを思いついたのだろう。

「百虎会はヤクの取引で勢力を増した団体だ。梨田はチャイナマフィアと渡りをつけただけじゃなく、取引が摘発されないよう保険をかけた。だから奴らの取引はかなりおおっぴらにやっていたというのに一度も摘発されていないんだ」

「保険……というのはもしや」

損害保険とか、そういう意味じゃないことは当然だが、しかし、と俺はつい、若林に問い掛けてしまったあと、凶悪な視線を向けられ、我に返った。

「し、失礼しました」

あくまでも彼は三上の――マカロンの頼みを聞いているのであって、俺に質問の機会を与えてはいない。ただでさえマカロンの前世での親友という地位を面白くなく思っているのだから大人しくしていなければ、と慌てて詫びた俺の声と三上の声が重なる。

「『保険』は……取引が摘発されないよう、警察関係者を抱き込んだと、そういうことですか？」

三上の声が震えている。警察にいた身として、かつての同胞《どうほう》を疑わねばならないことへの苦悩がこれでもかというほど感じられたが、俺も思いは同じだった。

梨田が抱き込んだのは警察の人間か。はたまた警察を抑え込むことができる政治家などか。若林の答えは、と俺も、そして三上も彼に注目する。

「ああ。そうだ。やっぱりマカロンは優秀だな」

若林が満足げに笑い、肯定する。やはり、と脱力しそうになったが、まさか彼がすぐに誰、と名を出すことはあるまいと心のどこかで思っていたようだ。

「本庁の渡辺《わたなべ》刑事部長だ」

なので問うより前に、あまりにあっさりと若林が告げた名を聞き、俺と三上は愕然とするあまり、二人して声を失ってしまったのだった。

8

「渡辺刑事部長……」

先に我に返ったのは三上だった。ぼそりとその名を繰り返したあと、はっとした様子となり声を上げる。

「そういうことか！」

「な、何がどうした？」

因みに今、俺の耳には、三上の直の声と、スピーカーホンにしている若林のスマホからの声が二重になって聞こえている。少しタイムラグがあり、この微妙な時差が実にいらつくのだが、若林に「スマホを耳に当ててください」とは言えるはずもないので我慢している。

などと長々説明している場合ではなかった、と俺は三上の説明に意識を集中させた。

「井上のじいさんが殺された理由だよ。じいさんが昔言ってた、昔世話してやって今はお偉方になっているっていう、それが渡辺刑事部長だったんじゃないか？」

「なるほど！　そういうことか！」

腑《ふ》に落ちた、と納得したあまり、声が大きくなる。二人して意気投合しているように見えたのか、ここで若林が不機嫌さ丸出しで問い掛けてきた。

「俺にもわかるように説明しろ」

怒りの矛先《ほこ》は勿論、三上ではなく俺である。が、彼に答えたのは三上だった。

「失礼しました。先程話した、俺と同じタイミングで殺された情報屋が、昔自分が世話をした警察官が今はお偉方になっているとよく俺に自慢していたんです。その中に渡辺刑事部長の名前があったように記憶しているので、もしや井上のじいさん……その情報屋は、渡辺刑事部長が百虎会に関与していることを何かしらで知ったから命を奪われたんじゃないかと、そう思いついたんです」

「マカロンちゃん……なんて説明が上手なんだ」

一気に喋り終えた三上は、若林のその返しに一瞬、息を呑んだ。きっと何かツッコミを入れようとしたんじゃないかと思うが、さすがにその勇気はなかったようだ。

「井上のじいさんの雇い主はお前だと知っていたから、お前も殺したと、そういうことか」

無常観漂う表情を見ていられなくなり、俺は三上に話しかけた。ちゃんとお前の話を真面目に聞いている人間がここにはいるぞ、というアピールである。

「……そうだ。井上のじいさんが俺に渡辺のことを明かした可能性はゼロじゃない。だから俺も殺された。逆だったとは思わなかった。奴らの本命が井上のじいさんだったとは……ああ、でも、原因は俺か……じいさんに百虎会の情報を依頼したのは俺だから」

先程、若林にした説明は確かに理路整然としており実にわかりやすかった。喋っているうちに頭の中の整理もできていったんだろう。

その結果、三上は今、落ち込んでいる。違うぞ、お前は落ち込む必要なんてないんだ、だってお前だって殺されたんだから、と俺はそれを伝えようとしたのだが、俺より先に若林が喋り出していた。

「マカロンちゃん、どうしたんだ？　何がお前を落ち込ませている？　この男か？」

この男、と言いながら若林が俺を指さしている。

「ち、違うよな、マカロンちゃん、じゃない、三上」

違うと言ってくれないと俺の命がない。焦っているのが伝わったのか、三上はふっと笑ったあと、若林へと視線を向けた。

「違いますよ。自己嫌悪です。でも、もう落ち着きました」

「よかった。マカロンにはいつも笑っていてほしいからな」

若林が慈愛溢れる言葉を告げる。普通ならじんとくるところなんだろうが、犬の笑顔とは、と、またも俺はどうでもいいことでツッコミを入れたくなるのを堪えねばならなかった。

「ありがとうございます、若林さん」

三上も思うところはありそうだったが、一応礼を言っている。大人だな、と思ったが、一方、若林は大人ではなかった。

「『パパ』」

「…………あ…………」

「パパだろう？　マカロン」

あくまでもパパ呼びを強要する彼に、三上は引き攣りつつも、

「ありがとう、パパ」

と望むとおりの言葉を告げてやっていて、偉すぎるぞと俺は心の底から彼の忍耐を尊敬した。

「話を整理しよう」

『パパ』から立ち直りたかったのだろう。三上が咳払いをし、話を変える。

「咳払い、可愛いな」

うっとりする若林に関しては、無視することに決めたようだ。三上は視線を俺へと向け、淡々《たんたん》とした口調で話し出した。

「渡辺が百虎会と繋がっているとして、それをいかにして証明するかだ。俺たちが声を上げたとしても、聞く耳を持ってはもらえないだろうし……」

「マカロンちゃんの話に聞く耳を持たないなんてことがあるはずないだろう」

若林の言葉を三上は敢えてスルーし、俺に話しかけ続けた。

「証拠を摑まないといけない。ただの証拠じゃない。決して握り潰せないような証拠だ。どうすればいいと思う?」

「そうだな……」

俺はもう警察を辞めている。三上にいたっては犬だ。どうすれば渡辺刑事部長と百虎会の関わりを世間にぶちまけることができるのか。

「マスコミは抑えられるだろうしな。百虎会にしろ渡辺にしろ、その力があるから」

他には、と考えていると、三上が、

「……動画でバズらせる、とか?」

と思いつきを口にする。

「バズらせる方法がな……林に聞くか」

ぼそ、と呟いた俺に、

「林って?」

と三上が問う。

「ブン屋だよ。覚えてないか? 今は神保町でカレー屋をやってるんだが、あっという間に人気店に上り詰めたんだ」

「あー、あの、インド人みたいなビジュアルの?」

「そうそう。その林」

「懐かしいなあ。カレー、食べに行きたいぜ。さすがに無理だろうけど」

「そうだなあ。どう考えてもお前の身体に悪そうだしなあ」

「……二人で盛り上がらないでもらえるか?」

と、ここで若林が恨みがましい声で割り込んできた。三上は無視を貫こうとしたが、俺への視線に殺気がこもっているのがわかったので、慌ててフォローに走る。

「し、失礼しました。何かいい方法、ないですかね?」

相談する気はなかったのだが、『二人』がダメなら仲間に入れるしかないと、引き攣る笑いを浮かべ、俺は若林にそう、問い掛けた。

「消しゃいいだろうが」

聞いた俺が馬鹿でした。申し訳ない、と三上を見る。三上は溜め息をつくと、若林へと視線を向けた。

「殺さないでね、パパ」

「殺さないよー」

デレデレになる若林を見やり、三上が溜め息をつく。

「溜め息も可愛いな」

「……まずは渡辺に近づくことからかな」

三上の言葉に俺も頷く。

「警察内で聞ける人間がいるといいんだが……うーん、相手が相手だけに難しいかな」

「偉い人すぎて、俺らが気軽に話を聞ける相手だと、情報なんて持っていないだろうしな」

三上もまた頷いたあと、ぼそ、と呟く。

「……運良く犬でも飼ってくれているといいんだが」

「渡辺を調べればいいのか?」

と、若林が三上に問い掛ける。

「殺さないでくださいね?」

三上が念を押すようにそう言うと若林は、

「マカロンちゃんの嫌がることを俺がすると思うか？」

と真面目な顔でそう返し、三上の顔を引き攣らせていた。

「あ、ありがとう。パパ」

「マカロンちゃんのためならなんでもするよ。渡辺の調査なんて秒だ。任せろ」

言ったかと思うと若林は俺へと視線を向けた。

「電話を切るがまたかけろよ？」

「は、はい。勿論です」

ビビって返事をしたが、既に若林は俺の言葉など聞いちゃいなかった。

俺との通話を切るとすぐ、若林はどこかにかけ始めた。

「警視庁の渡辺刑事部長について調べろ。些細なこともすべてだ」

それだけ言い、電話を切ると若林は俺に目で、電話をかけてこい、と指示を出した。慌ててリダイヤルし、通話状態に戻す。

「ありがとう、パパ」

さすが三上、ここぞとばかりに媚びている。

「やはり言葉がわかるのはいいいな」

満足そうな顔になる若林を前に俺は、一体いつまで通話状態にしておけばいいのだろうと、今月の電話代を心配していた。データは定額だが通話は大してしないので無料通話のオプションを申し込んでいないのだ。

　にしても、若林はいつまでここにいるんだろう。まさかと思うがずっと居続けたりして、と、俺は心配になり、三上と視線を合わせようと顔を覗き込んだ。三上もまた同じことを心配しているのか、俺をちらと見たあと、視線を若林に戻す。

「あの……パパ、そろそろ家に帰ったら？」

「心配ない。ここも俺の家みたいなものだ」

　いや違いますけど。確かにこのビルの二階はあなたが借りてますが、この三階はウチの事務所なんですけど――などと、俺が言えるはずもなかった。

「でも、お仕事、大変でしょう？」

　三上がぶりっこになっている。甘えて追い返す作戦だろうが、果たして若林に通じるのか。演技はやめろとさすがに怒られるのでは――という俺の心配は杞憂に終わった。

「マカロンちゃん、なんて可愛いんだ！　パパを気遣ってくれるなんて……！」

　感動してるよ、この人。そして帰るどころか、動かなくなっちゃったよ。

　どうするんだ、これ、と俺は恨みがましく三上を見やり、そんな俺に三上は、困り切った視線を向けてきた。

と、インターホンが鳴り、ドアがノックされる。

「はい……って、あ……」

普通に客かと思って出そうになったが、若林がこの場にいるとなるともしや、彼の命を狙った鉄砲玉という可能性もあるのか、と身構える。

「若頭！　俺です！」

インターホンから声がし、ドアが開く。

「こちらお持ちしました」

入ってきたのはいかにもヤクザといったスーツ姿の男だった。若林に一礼し、Ａ４の封筒を手渡してから再度一礼、そして退室する。滞在時間三十秒ほどだったが、一体彼は、と出ていったドアを見ていた俺の前に若林がその封筒を差し出してきた。

「渡辺についてのネタだ」

「早っ」

思わず叫んでしまってから、慌てて頭を下げる。

「し、失礼しました。早いのでびっくりしてしまって……」

「いいから早く開けてみろ。マカロンちゃんにも見せるんだ」

若林に言われ、俺は焦って封筒の中身を取り出そうとした。

「え……」

警察のデータベースをプリントアウトしたものに見えるんですけど。唖然としたのは俺だけではなく、三上もまた「これって……」と驚いている。

さすが、ヤクザの情報網は警察に勝る、というのを目の当たりにしてしまった、と心底感心しながら俺は、残りの資料を見始めた。

自宅の場所、家族構成、趣味のゴルフ、交友関係――まだ彼が指示を出してから三十分も経っちゃいないのに、よくぞここまで、とますます感心していた俺に、三上が声をかけてくる。

「犬、飼ってる。休日はその犬を連れてドッグランに行くことが多いって！　これ、使えるぞ、カイ！」

「そこで接触するんだな」

三上の言いたいことはわかった。だが接触したところで、どうやって百虎会との繋がりを探るというのか。

「あ、飼い犬に聞くのか？」

「ああ、それでもある程度の情報は集められるかもな」

三上の言いようだと、彼は別の方法を考えていたようである。一体どんな、と問おうとしたとき、三上が俺から若林へと視線を移し、物凄い愛想のいい声で呼びかけた。

「手伝ってほしいんだ、パパ」

「任せろ！」

即答だった。何を、と問うこともしないのかと俺は、この上ない喜びに満ち溢れている様子の若林を前に、愕然としてしまっていた。


三上は若林の扱い方を完全にマスターしていた。

渡辺が犬をドッグランに連れていくのは日曜日が多いということで、今週の週末、俺たちもまた、そこへと向かうことになった。

「そのとき、パパも来てほしいんだ。ちょっと手伝ってほしいことがあって」

あざとさ全開で三上が若林に甘える。

「なんでもやってあげるよ」

他人事ながら『何を』ということを確認しなくて大丈夫なのかと案じてしまうほど、若林は即答し、キラキラ光る目を――ってサングラス越しだからよく見えないのだが――向けていた。

　重すぎる愛を利用して大丈夫かと、三上に対する心配も膨らんでいく。そんな俺の心配を余所《よそ》に、三上は作戦をより綿密なものにしようと俺や若林に意見を求め、ようやく、これでいけるのでは？　と期待できるようなものを作り上げたのだった。

　夜も更《ふ》けてきたので若林にはお帰りいただき――これがまた大変だった。帰るなら三上と一緒だと最後の最後までゴネ、明日は必ず帰るからと三上がいやいや約束しようやく帰ってくれた――俺と三上は改めて二人で向かい合った。

「……お疲れ」

　作戦を立てることより、若林に帰ってもらうことで疲れ果てていた三上に労《いたわ》りの言葉をかける。

「ビール飲みてえ」

　ぼそ、と三上が呟いたあと、はっとした様子となる。

「俺にかまわず飲んでくれよ？」

「お気遣いありがとう」

　しかし一人で飲むのもなあ、と愚図《ぐず》愚図していると、

「飲め！」

と三上に怒られてしまった。

「俺はちゅ〜るでいいから」

「ちゅ〜るって美味いの？」

猫も犬も大好きだがと聞いてみると、

「俺もまっしぐらだよ」

と三上は恥ずかしそうに笑った。

俺はビールで、三上はちゅ〜るで乾杯し、互いを慰労する。

「……一日でいろんなことがあったよなあ」

三上が犬になってやってきただけでも今まで生きてきた中で最大の驚きだったというのに、ヤクザの若頭、若林までやってきた上に、彼にも三上の転生がバレてしまった。

しかし若林のおかげで、三上が死ぬことになった原因がなんなのかがわかってきた。

あとはその裏を取り、真相を突き止める。そして——と俺は一心にちゅ〜るを舐める三上を見た。三上が俺の視線に気づき、顔を上げる。

「どうした？」

一瞬照れた顔になったあと、三上が問い掛けてくる。

「お前の作戦はいけると思う……が、最後はやはり、警察の協力が必要になるよな」

俺の言葉を聞き、三上が真面目な顔で頷く。因みに真面目な顔も本当に可愛い。って、それこそ真面目に、いい加減しつこいと怒られそうなのでもう言わないことにする。

「……そうなんだよな。渡辺刑事部長が黒幕とわかったところで、それを握り潰されたら元も子もないからな」

「ネットで拡散するとかマスコミに送るとかじゃ、弱いか、やはり」

最悪はそうなるだろうが、やはり警察内に味方はほしい。しかし相手が刑事部長となると、皆、尻込みするのではと思えてしまう。

三上の死に関し、俺と共に声を上げてくれた歳の近い同僚なら、協力は望めるかもしれないが、あのときと同じく力及ばず、になりそうだ。

ある程度、影響力のある人間を味方につけたい。となると、と俺は頭に浮かんだ人物を口にした。

「……おやっさんはどうだろう」

「西田係長か……日和見だからなあ」

三上が溜め息交じりにそう言い、首を横に振る。

「とはいえ、最初は声を上げてくれたんだぞ。お前のことについても」

「そう言ってたな」

意外だが、と三上が苦笑する。その顔も――って、もうやめるんだった。しっかりしろ、俺。

「ああ、一応、上にはかけあってくれた。比較的すぐ、長いものに巻かれちゃったが」

「そうか……じゃあ、望みはあるかな」

三上が考えるようにして俯いたあと、

「そうだ」

と何か思いついた顔になった。

「俺がおやっさんを説得するのはどうだ？」

「……犬に生まれ変わった話をするってことか？」

それは賛同しかねる、と俺は唸った。

「俺は信じたし、若林さんも信じたが、普通は信じがたい出来事だぞ。いくら事実であっても」

「そりゃそうだ。わかってるよ」

どうやら三上の考えは別のところにあったらしい。

「ならどうやって？　あ、電話か！」

電話越しなら三上の言葉は通じる。しかし喋ったところで西田係長は三上が死んだことを知っているわけだから、と、ここで思考が途切れる。

「立派な葬式だったからな。実はお前が生きていました、というのは無理だと思う……あ」

言っている途中で、別のアイデアが浮かび、まさか、とそれを確かめる。

「もしかして、幽霊のふりをするとか？」

「お前、面白いな。漫画みたいな発想するとは」

三上にぷっと噴き出され、羞恥《しゅうち》から頬に血が上る。

「それ以外に何があるんだよ。おやっさんはお前が死んだと思ってるんだし」

「事実死んでるからな。生まれ変わったけど」

三上はまだくすくすと笑っている。そんなに笑うことないだろうがと我ながら恨みがましく睨むと、三上は「悪い」と詫びたあと、咳払いをし、口を開いた。

「生前の俺が残した録音データを、お前が見つけたってことにすればいいんじゃないか？百虎会と渡辺刑事部長の癒着《ゆちゃく》に辿り着いた、これから証拠を集めるところだ、とかなんとか」

「なるほど……！」

その手があったか、と感心したあまり、やたらと声がでかくなってしまった。

「なぜ今頃見つかったかって理由をちゃんと作っておかないといけないんだが……お前が

留守電にずっと気づかなかったとか?」

しかし三上の提案には、素直に頷くことはできなかった。

「どれだけぼんやりしてるんだよ、俺は」

二年も気づかないとは、と苦情を言う。

「俺の遺品の中にボイスレコーダーがあった……とかかな。親がお前に送った、みたいな」

「送るのは無理があるから、俺がお前の実家を訪ねたとかにするか。それで、お袋さんに遺品をもらった、その中にあった、とか」

「それがいい。俺の親、ぼんやりしてるからな。二年ぐらい放置してたってのでいいよ。となると」

と三上が俺を見る。

「裏を取られるわけもないけど、親に会いに行っとくか」

「そうしよう。明日はどうだ? 近くまで来たからとかなんとか適当言うよ」

「そうだな。お前が俺の実家の電話番号を知ってるってのもなんだし、直接行って会えなかったらまあ、そのときはそのときってことにしよう」

三上の口調は明るかった。が、彼の葛藤《かっとう》は手に取るようにわかった。

多分彼は――怖いんだろう。親と会いたい気持ちは勿論あろうが、犬に生まれ変わったという事実を親に告げるかどうか迷っているに違いない。

親としてみたらどうだろう。息子の転生を喜ぶだろうか。亡くなった息子に再び会えたことを喜ぶのではと想像できるが、一方で、犬という事実にショックを受けるかもしれない。そもそも生まれ変わりを信じないかもしれないし、と俺はさりげなく三上を見やった。

「言いたいことはわかる」

三上が苦笑し肩を竦めようとして、できないことに苛立った顔になる。

「喋ってみて、俺の言葉が通じなかったら伝えるのをやめようと思う」

「そうか、わかった」

通じてほしいと思っている。直感としてわかった。逆縁の不幸を詫びたい気持ちと、転生に対する親の反応を危惧《きぐ》する気持ちが拮抗《きっこう》しているのだろう。

「……しかし二年ぶりか。どうしよう、うちの親が引っ越していたら」

三上が敢えておちゃらけた言葉を口にする。

「お前の実家、どこなんだ？」

「立川《たちかわ》だよ。そうか、お互い、実家に呼び合うなんてこともなかったからな」

そういえば、と告げると三上は、思いついたように問い掛けてきた。

「そういやお前の実家は？」

「ああ、実家はないんだ。母も亡くなってるから」

「ああ、そうだった。すまん」

三上が申し訳なさそうに項垂れる。

「気にすることはない。お袋さん、元気だといいな。きょうだいもいたよな、たしか。弟だっけ？」

落ち込む彼を元気づけたくて敢えて話題を振る。

「うん、弟だ。大学卒業してるはずだし、もう家にはいないかもな」

落ち込んでみせると俺が気を遣うと思ったらしく、三上もまた元気な様子となったが、少々無理をしているような気もした。

幸い、週末までには数日ある。浮気調査の依頼については若林経由で中止を申し入れてもらうことになっていたので、これという予定はない。

三上の実家に行って、それこそ彼の遺品をもらい受けてこよう。俺たちはそう予定を立てたのだが、翌日それは遂行されることなく終わってしまった。

三上が冗談で言った『うちの親が引っ越していたら』が現実となったのだ。

三上の実家は駅からバスで十分ほど行ったところの住宅街にあったのだが、訪れたその住所は今、更地になっていた。

「本当に越していたとは……」

三上は相当ショックを受けているようだった。

「転居先、調べてみよう」

越したのは二年以内だろうから、調べる手段はいくらでもある。まずは近所の聞き込みを、と告げようとした言葉を三上は首を横に振ることで遮《さえぎ》った。

「……いや……今はいいや」

「三上……」

思わず名を呼ぶと三上は、大丈夫、というように頷いてみせた。

「正直言って、まだ気持ちが固まってなかったんだ。親に会う勇気が今一つ出せていなかったというか……きっと今じゃないってことなんだと思う」

「……そうか……」

三上の躊躇いはわかる気がしたので俺はただ頷くに留めた。

「どちらにしろ、息子だった俺は死んでいるわけだし、焦ることもないかなって」

「……ぼちぼち調べておくよ。お前の気持ちの整理がつく頃までに」

それしか俺に言えることはなかった。しかしもし三上が親に会いたいと明日思ったとしても、必ずその日のうちに見つけてやるくらいの気概は持っていた。

「ありがとな」

三上が少し照れたように笑う。

「じゃ、戻るか」

「そうだな」

車で来ていたので、近くのコインパーキングに俺たちは引き返したのだが、車には予想もしない――いや、少しは予想できていたか――来客があった。

「遅いぞ」

キーは俺が持っているのにどうやって乗り込んだのか、後部シートに若林が座っていたのである。

「電話をかけろ」

唖然とする俺に彼はそう命じ、早くもスマートフォンを構えている。仕方がない、と俺は彼のスマホに電話を入れると、運転席に乗り込み、膝に抱いた三上へとスマホを向けた。

「パパ、どうしたの？」

三上は結構落ち込んでいるはずなのだが、気力を振り絞ったのか、明るくそう若林に声をかけている。

「マカロンに会いたくてな」

若林はにこにこ笑ってそう告げたが、三上のテンションが明らかに落ちたのを感じたのか焦った様子で言葉を足してきた。

「渡辺は今日有休を取っていて、間もなくいつものドッグランに向かうことがわかった」

「えっ！」

三上ではなく俺が驚きの声を上げてしまったのだが、三上も充分驚いたようで、

「本当かっ？」

と若林を振り返る。

「ああ。本当だ」

俺が若林にタメ語など使ったらおそらくその場で命はないだろうが三上――ならぬマカロンは別らしい。

「褒めてくれるか？　パパを」

デレデレになりながらそう言う彼を前に、腰が引けていたのは俺だけだった。

「ありがとう！　パパ、大好き！」

プロだな。心の底から俺は、三上の根性に感心した。そういや宴会芸で彼とコントを披露したことがあったが、演技の上手さに舌を巻いたことを思い出す。

きっと可愛いペットを演じているつもりで頑張っているのだろうが、にしても『大好き』まで言えるとは。

さすがだ、と感嘆していた俺の耳には若林の、

「もう、死んでもいいぞ」

という感極まった涙声が響いていたのだった。

9

感動に噎《むせ》び泣く若林を後部シートに乗せ、俺たちはその足で渡辺刑事部長が現れるらしいというドッグランへと向かった。

因みに俺の車の後ろには黒塗りのドイツ車が二台もついてきているが、若林の護衛ということだったので、来ないでくださいとも言えなかった。それこそ鉄砲玉にでも命を狙われた場合、とばっちりを受ける可能性が大きいと踏んだからである。

「防弾チョッキを着用しているから大丈夫だ」

若林は三上を安心させようとして自分の身の安全を教えてくれたが、傍《そば》にいる俺は当たり前だがそんなもん着てはいない。頼むから俺の命も守ってほしいものだと案じつつ――まあ俺がいないと三上の言葉を伝える術がなくなるので大丈夫と思いたいが――俺たちは一路、ドッグランを目指した。

ドッグラン近くで、若林のスマートフォンに着信が入った。

「渡辺が来たそうだ」

すぐに電話を切った若林が伝えてくれたのを聞き、俺と三上は顔を見合わせた。因みに今三上は助手席にいる。膝の上に乗せていても三上は動いたりしないので運転に支障はないのだが、若林が嫉妬《しっと》から嫌がったのだ。

「渡辺、わかるかな」

「俺が教えてやる」

俺は三上に話しかけたのだが、答えたのは若林だった。

「ありがとうございます……」

こわごわ礼を言うと、若林は珍しく俺との会話を成立させてくれた。

「因みに渡辺の犬はフレンチブルドッグだ。名前はアンリ」

「アンリちゃん……メスですかね」

オスの可能性もあるかと言ってから気づいたが、若林は淡々と、

「メスで三歳だ」

と教えてくれた。

「しつけがなってなくて、ドッグランでの評判は悪い」

「そ、そうなんですね」

どうやってそんなことまで調べるのか。うちの探偵事務所の顧問として雇いたい。いや、嘘です。雇うにはリスクが高すぎる。

「打ち合わせどおりでお願いしますと伝えてくれるか?」

と、三上が俺にそう言い、ちらと若林を見やった。

「わかった……けど、車を停めてから自分で伝えたほうがいいと思うぞ」

『効果的だと思う』と本当は言いたかったが、若林に聞かれているので言葉を濁《にご》す。

「何を話している?」

ドスのきいた彼の声が背後から響く。運転中はスマホを持っているわけにはいかないので、三上と会話ができなかった彼の機嫌は下降気味となっていた。

「車を停めたらすぐ、電話をかけますね」

ほんの僅《わず》かな時間だけ待ってほしいと祈りを込め、バックミラー越しに愛想笑いを送りつつそう告げると、若林はむっつりと黙り込み、一応我慢してくれるつもりらしいと安堵した。

パーキングに車を停めてすぐ、俺は若林に電話をかけ、スマホを三上の口元へと持っていった。

「パパ、昨日打ち合わせたとおりにお願いするね」

いつの間にか三上の口調は子供のようになっている。

「任せろ、マカロンちゃん」

そのせいか、若林の三上への呼びかけにも『ちゃん』が復活していた。

「怪我《けが》するけど、わざとだから。渡辺を殺さないようにね」

「わかってるよ」

「カイが呼ぶまでは出てこないでね」

「わかってる」

「信じてるからね、パパ」

「任せろ」

しつこいくらいに繰り返す三上を見て、俺一人だけがはらはらしていた。いつ若林が怒り出すか、気が気ではなかったのだが、どうやら杞憂だったようだ。

「マカロンちゃんは心配性だな」

愛《いと》しくてたまらないというような目を三上に向ける若林の姿を横目に、俺もまた三上と最後の打ち合わせをしようと話しかける。

「無理はするなよ？　大怪我しそうだったら作戦変更だ」

「わかってるよ。まずはアンリと交渉してみる。甘嚙《が》み狙いだ」

「わかった」

「くれぐれも気をつけるんだぞ、マカロンちゃん」

俺の返事に被せ、若林が真剣極まりない目で彼を見つめつつそう告げる。

「うん、ありがとう、パパ」

そんな若林をぶりっこ演技でメロメロにすると三上は、この隙に、と俺に目で合図をし、俺たちはドッグランへと向かった。

「フレンチブルドッグを連れた中年男が渡辺ってことだよな」

平日の午前中だからか、ドッグランは空いていた。結構広いなとぐるりと見渡し、目的の男と犬を柵の近くで発見する。

「あれか」

「……なんか見覚えある気がする」

ぼそ、と三上が呟く。

「……二年前か？」

俺が問うと三上は「おそらく」と頷き、記憶を辿るように黙り込んだ。

「梨田を張り込んでいたときに見た、銀座のクラブの客の一人だったような」

「やはりお前が殺されたのは奴絡みみたいだな」

となれば、と俺は気合いを入れ直し、三上のリードを軽く引いた。

「行こう」

「ああ。とことん、追い詰めてやる」

三上が俺に向かい宣言する。多分、他の人には『ワン』としか聞こえていないだろうが
俺たちは目を見交わし頷き合うと、渡辺とフレンチブルドッグへと近づいていった。

「こんにちは」

「やあ、こんにちは」

渡辺はまさに今、フレンチブルドッグのリードを外し、放そうとしていた。柵の外から
声をかけると笑顔で挨拶を返してくる。

「ここ、初めてなもので……広いですね」

「アクティビティも充実していて、いいところですよ」

愛犬家同士は結構気やすく会話ができるのだなと思いつつ、俺はまず渡辺の犬を褒めて
やることにした。

「フレンチブルドッグですか。可愛いですね」

「目の中に入れても痛くないほど可愛がってます。お宅のわんちゃんはトイプードルです
か。可愛いですね」

「ああ、実は僕の犬ではないのです。代わりにドッグランで遊ばせてきてほしいと言われたのですが、初めて来るところだったので慣れなくて……」

色々教えてくださいい、と言いながら俺は、三上を抱き上げ、柵の中を見せてやった。

「入りたいかい？　もうちょっとリードをつけたまま慣らしたほうがいいかな？」

「くうん」

三上は大人しいふりをし、じっとしている。

「落ち着いているみたいだし、大丈夫じゃないですか？」

渡辺の言葉に俺は、よし、と心の中で拳《こぶし》を握り締めると、

「そうですね。それじゃあ」

と柵の内側に入ると三上のリードを外し、地面に降ろした。三上がテトテトと歩き、フレンチブルドッグへと近づいていく。

フレンチブルドッグはしつけがよくないとのことだったが、三上が近づいても威嚇《いかく》することもなく大人しくしていた。三上が何かを話しかけると、ワンワンと吠えながら先に走り始める。三上もまたそのあとを追い、二匹は仲良く併走していた。

「人懐っこいですね」

渡辺に話しかけられ、そうですね、と答えようとしたとき、三上が行動に出た。フレン

チブルドッグに何かを言ったようで、フレンチブルドッグが足を止め、三上をまじまじと見つめている。

「どうしたのかな?」

渡辺が不思議そうな顔になり、二匹に近づいていこうとする。俺もまた彼に続いたのだが、次の瞬間、フレンチブルドッグが三上に襲いかかった。

うまくいった! と思ったのも束の間、フレンチブルドッグがガブリと三上の足に噛みついたのを見ては、焦らずにはいられなかった。

「み……マカロン!」

「アンリ!」

慌てて名を呼び、駆け寄るも、フレンチブルドッグは興奮した様子で、三上の足に尚も噛みつく。

「やめなさい、アンリ」

「マカロン、大丈夫か?」

渡辺と俺で二匹を引き剝がし、俺は三上を抱き上げた。足から血が流れているのを見て改めてぎょっとする。

「だ、大丈夫かっ?」

問い掛けると三上はうっすらと目を見開き、くうん、と力なく鳴いた。

人間の言葉じゃない。もしや話せないほど酷《ひど》い傷なのかと焦っている俺に、渡辺が慌てた様子で詫びてくる。

「も、申し訳ありません！　普段こんなことはないのですが……すぐ、医者に行きましょう。近所に動物病院がありますので」

「は、はい」

無茶はするなと言ったのに、と俺は腕の中でぐったりしている三上を見下ろし頷いた。と、そのとき、タッタッと人が駆けてくる足音がしたと思った直後に怒声が響き渡る。

「おのれっ！　マカロンちゃんに何をしたっ」

「……っ」

ちょっと早いんだが、と焦る俺の目がとらえたのは、柵をひらりと飛び越え――因みに容易に飛び越えられる高さではない。彼は運動能力も相当高いようだ――駆け寄ってくる若林の姿だった。

サングラスに高級スーツにオールバック。見るからにヤクザ、しかも相当地位の高そうな、という男の出現に、渡辺は啞然としていた。そんな彼の胸倉を若林は摑むと、ドスのきいた声で脅しをかける。

「マカロンちゃんに怪我をさせたのはオノレの犬か」

「す、すみません。すぐ、病院に連れていきますので……っ」

渡辺の足はがくがくと震え、声も消え入りそうなほど小さいものとなっていた。

「早く先導せんかい！」

渡辺を脅したあと、若林は俺へと視線を向け、腕の中の三上を見て悲鳴を上げる。

「マカロンちゃん!!　ぐったりしとるやないかっ」

「ぴょ、病院に行きましょう」

俺から三上をひったくると若林はマカロン、マカロンと泣きながら呼びかけている。

渡辺は顔面蒼白《そうはく》状態だったが、若林に脅されるまま、彼と俺を車に乗せ、動物病院まで送ってくれた。

「治療が終わるまで待ってろよ」

病院でも若林は渡辺を脅し、急患だと騒いで三上の治療を急がせた。幸い、病院は空いていたのですぐに診《み》てもらうことができ、出血はしていたものの、骨などには異常なく、傷の消毒し、包帯を巻いてもらうくらいで治療は終わった。

「ち、治療代は勿論私が持ちます。本当に申し訳ありませんでした」

渡辺は未だ顔面蒼白のまま、若林を前に震えていた。

「名刺」

若林が短く答える。

「……え？　あの」

「名刺だ。なければ住所氏名。マカロンちゃんに後遺症が出ようものなら容赦しない」

迫力ある怒声に渡辺は震え上がった。名刺は持ってきていないと、ぶるぶると震えるペン先で自分の名前と住所、それに連絡先を書き、若林に差し出す。

「きっちり落とし前、つけてもらうからな」

若林はそう言い捨てると、マカロンを抱いたまま俺を振り返った。

「帰るぞ。お前の仕置きは帰ってからだ」

「は、はいっ。かしこまりました！」

演技ではなく心底びびりながら俺は彼のあとに続き、車へと戻った。

「マカロンちゃん、痛かったでちゅね？　大丈夫でちゅか？」

すっかり赤ちゃん言葉に戻った若林の腕の中で、三上がパチッと目を開く。

「おい、三上、大丈夫か？」

今までのぐったりした様子はどこへやら、元気よく頭を上げた彼を見て、俺は思わずそう呼びかけていた。

「演技だ演技。まったく痛くないとは言わないけど、マジでたいしたことないぜ」

「演技派だな、お前」

恐ろしい子、と白目になってしまいそうになったが、若林に睨まれ、我に返った。

「マカロンちゃんはなんて言ってるんだ？」

「と、取り敢えず、ここを離れましょう」

「お前の車はウチの人間に届けさせる。お前はコッチに乗れ」

有無を言わせず若林は、彼の護衛のためについてきた黒塗りのドイツ車の後部シートに俺を押し込み、隣に乗り込んできた。

「電話」

「は、はい」

運転手の視線が気になる——などと言える状態ではなく、俺はスマホを取り出し、彼へとかけたあとに三上の口元へと持っていった。

「三上、大丈夫なんだよな？」

「ああ。大丈夫だ。パパ、大丈夫だよ。心配しないで。弱った演技をしただけだから」

さすが三上、ぶりっこ演技も完璧だ、と感心しつつ、運転手が動揺しているのがわかり、事故を起こしませんようにと祈る。

「あのフレンチブルドッグ、血が出るほど噛みやがって」

若林は三上が無事とわかっても、未だ怒りはおさまらないようだった。

「甘噛みを頼んだら難しいっていうから、なら血が出るくらいに噛めって俺がお願いしたんだ。だからあの子に仕返しはやめてね、パパ」

三上、そのキャラでいくんだな。俺と二人のときにはできれば昔どおりでいてほしい。

そう祈りつつ見守っていると、三上がふっとさめた顔になり、溜め息を漏らした。わかっている、と言いたかったんだろう。

「ああ、渡辺の野郎の足を折ってやるよ」

「そ、それも脅しだけにしてね、パパ」

三上が焦って訴えかける。

「わかってる。安心してくれ、マカロンちゃん」

笑顔で返事をしたものの、若林が相当怒っていることはぴくぴく引き攣るこめかみの動きから伝わってきた。

「きっちり脅しをかけてやる。『作戦』だからな」

三上を優しく抱き締めつつ、恐ろしげな顔で若林がそう告げる。

そう、これが我々の立てた作戦なのだった。

渡辺と百虎会の繋がりを確かめるために、若林に脅しをかけてもらうのはどうだと、三上が思いついたのだ。

彼の飼い犬に怪我を負わされるような状況を作り、それをネタに若林が執拗《しつよう》に渡辺を脅す。臑《すね》に傷を持つ渡辺は、ヤクザに対抗するために関わりのあるヤクザの手を借りる可能性が高いと、三上はこの作戦を思いついた。

「渡辺の動向は逐一報告させている。百虎会とコンタクトを取り次第、現場を押さえればいいんだよな?」

「うん、パパ、完璧だよ」

三上は相変わらずぶりぶりしていた。そして釘を刺すのも忘れなかった。

「現場を押さえるだけだからね。カチコミはダメだよ」

「わかってる。ただ奴らにとって俺は目の上の瘤《こぶ》だからな。早々に鉄砲玉を送ってくるかもしれない。それに対抗するのはオッケーだろう?」

物騒すぎる確認を取ってきた若林に三上が困りながらも頷く。

「パパのことが心配だよ」

「大丈夫だ、マカロンちゃん。お前との楽しい生活のためにも、長生きしないといけないしな」

三上に心配してもらったことが嬉しいのか、若林はにこにこと、それこそ喜色満面、といった顔になっていた。

俺と三上はそのまま若林の家に向かうこととなった。というのも、早くも百虎会が動き出したと、若林の手下から報告が入ったからだ。

「あの程度の脅しでびびるとは、肝《きも》っ玉の小さい奴だぜ」

若林は呆れていたが、『あの程度』ではなかったと思う。とはいえ俺も、慰謝料請求といった脅しをかけるより前に渡辺が百虎会に救いを求めるとは意外だった、と、三上を見やった。

「俺たちが考えている以上に、ずぶずぶなのかもな」

三上はそう言うと、俺に目で合図をした。

「わかった」

早々に動く必要が出てきた、と俺は彼に頷くと、若林におそるおそる申し出た。

「すみません、電話をしたいので、一旦通話を切ってもいいですか？」

「あ？」

不本意であることを隠しもせず、若林が俺に凄む。が、三上が、

「お願い、パパ」

と言うと仕方なさそうに「いいぞ」と承諾してくれた。

礼を言ってから俺は、懐かしい前職の職場に電話をかけ、もと上司を呼び出してもらった。

「西田さん、お久しぶりです。甲斐です」

『甲斐か！　どうした？　びっくりしたぞ』

電話の向こうから懐かしい西田の声が響いてくる。

『探偵になったんだったたな。何か困りごとか？』

心持ち、腰が引けている気がする。相変わらずだなと苦笑してしまいながらも俺はできるだけ真面目な声で用件を伝えた。

「困りごとではないんです。二年前の三上の死について、新しい事実がわかったんです」

『なんだって⁉』

電話の向こうで西田が動揺した声を出す。

『どういうことだ？』

「三上のお袋さんと先日会ったんですが、遺品を整理していたら出てきた、とボイスレコーダーを渡されたんです。そこに三上が死ぬ前に吹き込んだ音声が残されていて……今、流しますね」

そう言うと俺はポケットから、昨日三上に俺のスマホを介して吹き込んでもらったボイスレコーダーを取り出し、再生ボタンを押した。

「『身の危険を感じるのでこの録音を残します』」

『三上……』

電話の向こうで西田は衝撃を受けたような声を上げていた。

「『百虎会の梨田の情報を集めていたところ、渡辺刑事部長との関わりがあるとわかった。その情報をくれた情報屋が殺されたことから、俺にも危機が迫っているのではと思う。俺が何者かによって命を奪われた場合、原因は間違いなく渡辺刑事部長と百虎会にあることをここに残しておく』」

『渡辺刑事部長だと……？』

西田が呆然としたように呟く。

「コレを聞いて俺も百虎会と渡辺刑事部長を調べ始めたのですが、どうやら気づかれたようで命の危険を感じているんです」

『馬鹿！　どうして考えもなく……っ！　お前はもう、警察を辞めてるんだぞ？』

西田がぎょっとした声を上げている。

「わかってます。でも、どうしても三上の死の真相を突き止めたかったんです。おやっさん、俺はこれから渡辺刑事部長と梨田に脅しをかける予定です。攻撃は最大の武器ですから。なので二人をマークしてもらえませんか？」

『馬鹿なことはよせ！　命を無駄にするな！　三上だって殺されているんだぞ？』

西田が焦った声を出す。

「お願いします、おやっさん！」

それだけ言うと俺は電話を切り、ふう、と溜め息をついた。三上のように演技力があるわけではないので、不自然ではなかったか、不安になる。

「上出来だよ。迫真の演技だった」

本心からか世辞なのか、三上は俺を称賛してくれたが、若林の評価は厳しかった。

「芝居がかっていたな」

「……すみません……」

わかってました、と項垂れている俺に若林が「電話」と苛立った声を出す。

しまった、と俺はすぐに若林のスマホに電話をし、三上と話が通じるようにしてやった。

「おやっさん、動いてくれるかな？」

三上が不安そうに俺に問う。

「半々かな。部下思いではあるけど日和見だから」

しかも俺はもう部下ではない。しかしもと部下に命の危険が迫っているとわかって放置できるほど、酷い人ではないと信じたかった。

と、そこにまた、若林の手下から連絡が入り、なんと梨田が組事務所に若林を訪ねてきているという驚きの事実が伝えられた。

「鉄砲玉を送るんじゃなく、話をつけに来たってことか」

意外だなと若林が呟くのを聞き、三上が彼に声をかける。

「組織の規模からして百虎会が龍鬼組にかなうはずもないし、梨田とパパじゃ極道としての格が違いすぎるから、懐柔に出ることにしたんじゃないかな」

「……マカロンちゃん、パパのこと、そんなふうに褒めてくれるなんて嬉しすぎるんだが」

若林はこの上なく幸せそうにしている。

「褒めてないよ、事実だよ」

これ以上喜ばせる必要はないと俺は思ったのだが、三上はあくまでも若林の機嫌を取るつもりのようだった。

「気をつけてね、パパ。まさかとは思うけど、梨田がパパの命を狙うかもしれないし」

「マカロンちゃんに心配してもらえるなんて、今この瞬間に死んでもいい」

「死なないでー!!」

本気で昇天しかねなかった若林に三上が叫ぶ。そのあと俺たちは車中で、今後の作戦をざっと立て、若林が「任せろ」と胸を張ったあたりで龍鬼組の組事務所に到着した。

「凄い……」

歌舞伎《かぶき》町内にある十数階建ての瀟洒《しょうしゃ》なビルはとても暴力団の事務所とは思えなかった。

「お前たちは車で待機しろ。梨田を連れてくるから」

「……死体にしないでね」

三上が青ざめつつもそう確認を取るのを聞き、若林ならしかねないと俺もまた青ざめた。

若林が車を降りたあと、俺は再び西田に電話を入れた。

『おい、甲斐、さっきはなぜ電話を切った』

おろおろした声を出す彼に俺は、これから渡辺刑事部長の家に梨田が行くはずだと告げ、またも返事を待たずに電話を切った。

「警察、来るかな」

三上が俺を見上げ不安そうにそう告げる。

「おやっさんを信じたいよな」

もし、警察が来なかったとしたら、少し時間はかかるだろうが、他に方法を考えよう。

「俺が動画で真相を喋るとか、どうだろう?」

「バズらせるにはいい手だが……」

しかしもし、三上をネタにバズったとしたら、この先の三上の人生――犬でも『人生』というのだろうか。犬生？　か？　――は安穏とは真逆のものなってしまうに違いない。

まあ、若林の飼い犬という時点で平穏無事とはいかないだろうが、それにしても、と俺は首を横に振った。

「お前を犠牲《ぎせい》にすることはない。これから時間はたっぷりあるんだ。また方法を考えよう」

「なんか俺たち、おやっさんが動かないと決めつけてるよな」

三上が苦笑しそう告げる。

「まあ、おやっさんにはおやっさんの人生があるからな」

渡辺刑事部長の悪事が世間に露呈すればいいが、握り潰された場合、西田の警察での将来は閉ざされる。子だくさんの西田にはきつかろう。

「そうだよな」

三上もまた頷いたあと、口を閉ざす。車中にほろ苦い沈黙が流れたが、その沈黙はすぐに破られることとなった。早々に若林が帰ってきたのだ。

「梨田は？」

後部シートに乗り込んできた若林に問うと、顎《あご》で近くの車を示した。

「おっと」

両脇を目つきの鋭い、そしてガラの悪そうな男たちに固められた、見るからにヤクザとわかる男がその車に乗り込んでいく。

「マカロンちゃんに怪我でもあったらいけないからな」

「梨田は同行を承諾した……わけではなさそうですね？」

あの様子だと、と俺は若林に聞いてから、またやってしまった、と首を竦め、慌てて言葉を足した。

「って三上が言ってます」

「ワンとも鳴いてないだろうが」

しかし若林にはすぐにバレ、睨まれる。

「言おうと思ってたよ」

慌てて三上がフォローしてくれるのを聞かせねば、と俺は焦って若林のスマートフォンに電話をかけた。

「承諾も何も。渡辺の代わりに話しに来たと言うから、代わりなんて誰が認めると思うのかと、渡辺の家に乗り込むことにした。予定どおりだろう？」

褒めてくれ、と若林が三上に向かって胸を張る。

「パパ、凄い」

三上はリクエストどおり褒めてやっていたが、明らかに顔は引き攣っていた。予定どおりと言っていたが、要は無理矢理連れていくのである。大丈夫だろうかと不安を覚えたが、こうなったらもう、運を天に任せるしかない、と腹を括った。

渡辺の自宅は世田谷《せたがや》の高級住宅地にある戸建てだった。敷地は百坪以上ありそうだ。

インターホンを鳴らしたのは梨田で、相変わらず彼の両脇にはいかつい男たちがいた。

「渡辺さん、梨田です。その……若林さんはこちらで話されたいというのでお連れしました」

梨田がインターホンに訴えかけるも、誰も応答せずしんとしていた。

「渡辺さん、こっちは命がかかってるんだ。あんたがその気なら俺にも考えがありますぜ」

あの様子だと、拳銃で脅されでもしているのではないかと思う。うんともすんとも言わないインターホンに向かって脅しをかける梨田を見て、俺と三上は大丈夫かなと顔を見合わせた。

やがてガサゴソとインターホンが繋がる音がし、聞き覚えのある渡辺の声が響いてくる。

『……往来で騒がれるのも近隣の皆さんの迷惑になりますので、どうぞお入りください』

直後に門が開き、お手伝いと思しき若い女性が現れ、ぎょっとした顔になる。

「ど、どうぞ」

ぶるぶる震えながらその女性が、車は中に入れていただけたら、と、告げたあと、皆を玄関まで誘導する。まさか警察のお偉方の家に働きに来て、ヤクザの集団を迎え入れるこことになるとは思うまい。同情してしまいながら俺は三上を抱いた状態で、若林のあとに続いた。

渡辺の家は大邸宅といっていい佇《たたず》まいだった。もともと金持ちだったのかもしれないが、ヤクザと組んだからこそ、私腹を肥《こ》やせたという可能性もある。もしそうだとしたら、もと警察官として許せんなと思いつつ、梨田と彼を押さえ込む二人の組員、そして若林と共に、案内された応接室で渡辺と向かい合った。

「わんちゃんの怪我については勿論、責任を負わせていただくつもりでした。お怒りを買ってしまったのでしたら本当に申し訳ない」

渡辺はひたすら頭を下げることにしたようだった。

「梨田さんから、自分に任せろと言われたものでお任せしてしまいました。本当に申し訳ありません」

「おい待てよ。渡辺さん、あんたから相談してきたんじゃねえか。ヤクザのことはヤクザに任せるって。それをなんだ、俺に責任なすりつける気か？」

梨田がドスのきいた声で渡辺に詰め寄る。ここは一応確認を取っておくかと俺は、

「あの……」

と二人に問い掛けた。

「お二人はお知り合いではあるんですよね？　梨田さんはヤクザということですが、渡辺さんは、お仕事は何をしていらっしゃるんですか？」

「……っ。いや、知り合いというか」

渡辺が、うっと言葉に詰まったあと、もそもそと誤魔化そうとする。

「刑事部長だよな？」

しかし若林がぴしゃりとそう告げると、渡辺はまた、うっと言葉に詰まったあと、彼を睨んで寄越した。

「わかった。それを知って絡んできたんだな？　犬を使って」

「なんだと？」

若林はその言葉に激高した。

「俺が愛犬をわざと怪我させたとでも言う気か？」

まさにそのとおりなんですけど。激怒する彼を見て俺は、よく若林がそれを企《くわだ》てた俺を許しているなと今更ながら背筋の凍る思いを味わっていた。

「そ、そんなことは……っ」

おろおろする渡辺を前に、梨田が悲鳴を上げる。

「渡辺さん、言葉には気をつけてくれ。俺までとばっちりを受けるのはごめんだ」

「……ほ、本当に申し訳ない。なんでも、なんでもお詫びはするから……っ」

若林の一喝《いっかつ》を受け、渡辺も梨田も相当びびったようだった。まさに平身低頭して詫び始めた彼らを前に、若林が何か言いかけたとき、遠慮深くドアがノックされ、先程のお手伝いの女性が顔を出す。

「あの……きゃっ」

室内の異様な雰囲気にぎょっとしたように悲鳴を上げた彼女に、渡辺が八つ当たりとしか思えない怒声を張り上げる。

「なんだっ」

「あ、あの、警察のかたが……っ」

半泣きになりながら女性が告げたと同時に、彼女の後ろから室内にどかどかと大勢の制服警官が部屋に雪崩《なだ》れ込んできた。

「な、なんなんだ、お前たちは」

渡辺が動揺した様子で立ち上がる。と、梨田を拘束していた男たちがさっと彼から離れ、若林の後ろに立った。

　俺もまた唖然としてしまっていたが、最後に部屋に入ってきたのがもと上司の西田だったのを見て、思わず立ち上がっていた。

「おやっさん……！」

「おう、甲斐、無事か？」

　西田の顔は強張《こわば》っていた。が、俺を見て少し安心した顔になる。

「は、はい……」

「西田君じゃないか。一体なんなんだ、これは」

　渡辺は西田を知っているようだった。今までの情けない姿はどこへやら、急に偉そうな態度となると、西田を睨みつける。

「渡辺刑事部長の自宅に百虎会の梨田が向かっていると通報を受けて駆けつけたのですが、部長、ご無事でしたか」

　日和見のはずの西田は、実に堂々としていた。ある意味予想を裏切られたことを嬉しく思いつつ見やる先で、渡辺が敢えて作ったと思しき怒声で彼を怒鳴りつける。

「だ、誰がそんな戯《ざ》れ言を。わざわざ来てもらう必要はない！　帰ってくれ」

「ではなぜ梨田がこの場にいるのか、部長からご説明いただけませんか？」

西田は少しも臆することなく、渡辺に問い掛けている。おやっさん、やるな、とますます感心しながら俺は、援護射撃とばかりにポケットからボイスレコーダーを取り出し、再生ボタンを押した。

『梨田さんから、自分に任せろと言われたものでお任せしてしまいました。本当に申し訳ありません』

『おい待てよ。渡辺さん、あんたから相談してきたんじゃねえか。ヤクザのことはヤクザに任せるって。それをなんだ、俺に責任なすりつける気か？』

ちょうどいいところから再生が始まった。我ながら上手いなと自画自賛している俺をちらと見やったあと、西田が渡辺へと視線を戻す。

「部長、この件につき、詳しくお話をお聞かせいただけますかね。署のほうで」

「何を貴様……っ」

渡辺はカッとなったらしいが、今の音声で自分と梨田の繋がりが明らかになったことは取り消せないと観念したらしく、一瞬黙った。と、横から梨田が喚き出す。

「俺は関係ねえ！　そもそも、俺は脅されてここに来たんだ。逮捕するならこいつだろうが。龍鬼組の若頭だぞ。わかってんだろう？　こいつら、銃を持ってるぜ！」

「俺はただ、愛犬が怪我をさせられたにもかかわらず、渡辺がヤクザを送り込んできたので話を聞きに来ただけだ」

若林がしれっと答えたあと、立ち上がり両手を広げる。

「銃など持ってはいない。身体検査でもなんでもしてくれてかまわない」

「今の話は本当です。俺が証言します。怪我をさせられた場に、俺もいましたので」

これが怪我をした犬です、と俺は、三上の包帯を巻いた足を西田に示してみせた。

「おやっさん、ありがとな」

三上が礼を言ったが、当然ながら西田の耳には「ワン」としか聞こえなかったようだ。

「……とにかく、話は本庁で伺います」

西田はそう言うと、渡辺に同行を促《うなが》した。俺は西田にボイスレコーダーを渡し、

「よろしくお願いします」

と頭を下げた。

梨田は引き立てられていったが、若林とその部下、そして俺は同行を求められなかったので、車に乗り込み、渡辺邸を後にした。

「サツに行く覚悟はできていたが、呼ばれなかったな」

車の中で若林は不思議そうにしていたが、実は俺も不思議に思っていたのだ、と三上の顔を見下ろした。

「おやっさんの英断かもな。問題にすべきは渡辺と梨田の癒着、とわかっていたから見逃してくれたのかも」

「渡辺と梨田二人が顔を合わせている場に乗り込まされたし、二人の繋がりの証拠となる音声データも準備よく整っているしと、俺たちが企《たくら》んだことはおやっさんもよくわかっているだろうしな」

もしかしたら贖罪《しょくざい》の気持ちからなのかもしれない、と頷いた俺に、三上もまた頷き返す。

「日和見とか散々言って悪かったよ。おやっさんも俺の死について、悩んでいてくれてたってことだろう」

三上もまたしんみりとなりそう告げ、俺たちはなんとなく二人して黙り込んだ。

「おい」

と、そんな空気を吹き飛ばすような勢いで、若林が怒りの滲んだ声を上げる。

「二人の世界を作るなよ」

「す、すみませんでした」

今回、若林には散々世話になった——というより、若林がいたからこそ、渡辺と梨田の関わりを証明できたのに、うっかり放置してしまった、と、俺は慌ててスマホを取り出し、若林のスマホにかけた。

自分のスマホを三上の口元にやりながらふと、もしこのまま捜査が進み、三上の死に渡辺と梨田がかかわっていたことが明らかになった場合、三上と俺の目的は達成することになるんだなと気づく。

となると、と俺は三上を見やった。

「ん？　どうした？　そんな間抜けな顔して」

三上はからかってきたが、俺が、

「いや、その……」

と言葉を濁すと、何事かと思ったらしく、一変して心配そうに問い掛けてきた。

「何か心配ごとか？　まったく想像つかないんだが」

「いや……お前と俺の目的が無事に達成されたら、俺にもお前の言葉は聞こえなくなるのかなと……」

もしそうだとしたら——寂しい、としか言いようがない。と俺は三上を見た。三上もまた俺を見る。また二人の世界を作っていると若林に怒られることはわかっていたが、胸が詰まり、彼から視線を外すことができなくなった。

三上にとってはよかったのだ。前世での心残りが昇華されたのだから。それでも二年ぶりに三上と再会できたことも、二人して馬鹿げた掛け合いをしたことも、そして知恵を絞って彼の死の真相を探ったことも、何もかもが得がたい体験だった。

できることならこのまま、彼と気持ちを繋げていたかった、と自然と込み上げてきた涙を堪える。三上はそんな俺をまじまじと見つめていたが、やがて、

「なんで?」

と不思議そうに聞いてきた。

「え?　だって前世の恨みは果たせたんだよな?」

渡辺が逮捕でもされないかぎり、『晴らせた』とはいえないと、そう言いたいのかと思い問い掛ける。

「恨みっていうか、目的は達成できそうだけど、だからって俺がこの世から消えるわけでもないし。そもそも俺は犬に取り憑《つ》いてる幽霊じゃなく、犬として生まれ変わったんだから、この身体の寿命が尽きるまではこのままだと思うぞ?」

「え?　そうなの?」

あれ。早とちりだったか?　確かに今も普通に三上の言葉は聞き取れている。

なんだ、と安堵のあまり俺は三上を抱き上げていた。

「よかったー。もうお前と話せないかと思ったよ」

「相変わらずカイは頭が固いというか思い込みが激しいというか、変わらないなあ」

三上はからかうような口調だったが、とても嬉しげに笑っているように見えた。

「これからもよろしくな、相棒」

お前と再会できて本当によかった。しかもこの先も当分、一緒にいられそうである。

二年前と同じく、隣で頑張っていこうと思い声をかけた直後、背筋が凍るような恐ろしい声が横から響いてきた。

「誰が誰の相棒だ？　マカロンちゃんは俺の愛犬だが？」

怒りを抑えきれない声を上げ、凶悪な目で睨んできた若林に対し、震えるしかなかった俺の腕の中で、三上がなんとか取りなそうと媚びた声を上げる。

「相棒って、カイはビジネスパートナーってことだよ。パパとは違うよー」

「なんだ、ビジネスパートナーか」

それを聞き、ころっと機嫌を直した若林がデレデレした顔で三上に対し両手を広げる。

「おいで、マカロン。パパのもとに」

「えっと、パパとお喋りするためにも、カイとの仕事上での付き合いは認めてほしいな、ね？　パパ」

言いながら三上が若林の胸に飛び込んだあと、目で電話を切れ、と合図する。さりげなく通話を切り、彼を見やると、

「よろしくな、相棒。俺は結構使えると思うぜ」

と片目を瞑《つむ》ってみせ、破壊力あるほどの可愛いウインクで若林ばかりか俺のハートまでズキュン、と射貫《いぬ》いてくれたのだった。

※この作品はフィクションです。実在の人物・団体・事件などにはいっさい関係ありません。

集英社オレンジ文庫をお買い上げいただき、ありがとうございます。
ご意見・ご感想をお待ちしております。

● あて先
〒101-8050　東京都千代田区一ツ橋2-5-10
集英社オレンジ文庫編集部 気付
愁堂れな先生

相棒は犬

転生探偵マカロンの事件簿

集英社
オレンジ文庫

2023年12月24日　第1刷発行

著　者　愁堂れな
発行者　今井孝昭
発行所　株式会社集英社
〒101-8050東京都千代田区一ツ橋2-5-10
電話【編集部】03-3230-6352
【読者係】03-3230-6080
【販売部】03-3230-6393（書店専用）
印刷所　大日本印刷株式会社

ISBN 978-4-08-680535-3 C0193